U0462539

S 文库

六之宫公主

北村薰日常推理代表作

[日] 北村薰 / 著

刘子倩 / 译

贵州出版集团
贵州人民出版社

ROKUNOMIYA NO HIMEGIMI

by Kaoru Kitamura

Copyright © 1992 Kaoru Kitamura

All rights reserved.

Originally published in Japan by TOKYO SOGENSHA CO., LTD., Tokyo.

Chinese (in simplified character only) translation rights arranged with

TOKYO SOGENSHA CO., LTD., Japan

through THE SAKAI AGENCY and BARDON CHINESE CREATIVE AGENCY LIMITED.

Simplified Chinese translation copyright © 2025 by Light Reading Culture Media (Beijing) Co., Ltd.

著作权合同登记号 图字：22-2025-001 号

图书在版编目（CIP）数据

六之宫公主：北村薰日常推理代表作 /（日）北村

薰著；刘子倩译 . -- 贵阳：贵州人民出版社，2025.

4. --（S 文库）. -- ISBN 978-7-221-18974-5

Ⅰ . I313.45

中国国家版本馆 CIP 数据核字第 2025FA7995 号

LIUZHIGONG GONGZHU (BEICUNXUN RICHANGTUILI DAIBIAOZUO)

六之宫公主（北村薰日常推理代表作）

[日] 北村薰 / 著

刘子倩 / 译

选题策划　轻读文库　　　出 版 人　朱文迅
责任编辑　张 芊　　　　　特约编辑　杨子兮

出　　版　贵州出版集团　贵州人民出版社
地　　址　贵州省贵阳市观山湖区会展东路 SOHO 办公区 A 座
发　　行　轻读文化传媒（北京）有限公司
印　　刷　河北鹏润印刷有限公司
版　　次　2025 年 4 月第 1 版
印　　次　2025 年 4 月第 1 次印刷
开　　本　730 毫米 ×940 毫米　1/32
印　　张　8.375
字　　数　155 千字
书　　号　ISBN 978-7-221-18974-5
定　　价　30.00 元

关注轻读

客服咨询

本书若有质量问题，请与本公司图书销售中心联系调换
电话：18610001468
未经许可，不得以任何方式复制或抄袭本书部分或全部内容
© 版权所有，侵权必究

六の宮の姫君

——献给朋友

那个芥川龙之介真是个大浑蛋。你看了《六之宫公主》这个短篇难道不生气?

——芥川龙之介《文放古》

目 录

第一章

1

水色天空中，太阳耀眼。

我与好友高冈正子并肩越过十字路口，人潮中几乎都是学生。上午的课才刚结束。途中，小正对着走过前面马路的男人挥手，就像从河中向对岸挥手似的。对方也注意到了，轻轻微笑驻足。小眼睛，大鼻子。鼻子很可爱。

乘着五月的风，小正送出问题："一起去吃午餐？"

此人好像是她的社团同好。虽然不是拜倒在他鼻子的可爱魅力下，最后我们还是决定同行。我们被人潮簇拥着在荞麦面店、书店连绵并列的狭窄人行道走了一小段路，进入经常光顾的"若草"。

"姜——汁——烧——猪——肉——定——食，"小正像念咒语般说着，"寺尾你呢？"

"我也一样。"

店面虽小，却有着透光的浅绿色墙面。外面光线亮时，墙面颜色会变得很美，是日本画会用的那种静谧色调。有一次，我这么一说，好友江美这丫头——喊她丫头未免失敬，其实去年她大三时就结婚了——就是那个江美告诉我："那是用绿青[1]调出来的颜色，叫作白绿色。"我通过各种人学习到各种事，然而还来不及将之融会贯通，匆匆就已是大四。真叫人难以置信。

"吃一次就可以拿到一张优惠券，集满十张可以免费喝咖啡。"

"这样啊。"

"寺尾，你一定不会再来第二次吧？"小正在打他那张优惠券的主意。

三人都点了同样的定食后，我和寺尾互做自我介绍。寺尾是政经系四年级，主修政治，参加的社团跟小正一样是"创作吟"。简而言之就是吟诗，但是说到吟诗，除了首先会浮现脑海的汉诗，他们也吟咏俳句和短歌[2]。继去年之后，今年春天，我也在小正的"且慢，我有个独家消息要透露哦"的开场白下获得郑重邀请，特地前往位于池袋的会场听他们表演吟诗。

---

[1]　将潮湿的铜放置空气中氧化形成的绿锈，当作绿色颜料使用。（若无说明，本书脚注均为译者注）

[2]　和歌的一种，以五、七、五、七、七共三十一个音节构成，乃日本固有的文体。

今年，头一个吟诗的是小正。她那清亮的嗓音至今仍萦绕耳边。

　　春岬旅末鸥飞舞

　　浮沉渐远疑似逃

这是三好达治[3]《测量船》的开卷诗句，形式上是短歌，但实质上应该算是诗[4]吧。

逛神田的旧书街时，有些地方在卖复制的名人签名板，过去我在不同的店里买过两张。大一时买的那张，上面写的就是这首诗。

说句题外话，另外一张是坂口安吾[5]的"处处搏性命"。这是最近才买的，我随手在成堆的五百元复制签名板中翻了一下，结果翻到不知第几张时，就发现了这张。或者该说，是那张签名板在等着被我发现。那才真的是被奔窜全身撼动灵魂的文字给震慑住，就像被人掐着脖子，硬逼我买下来。

寺尾和小正讨论完社团事务后，终于转向我："你念文学院啊，真好。"

"啊？怎么说？"

---

(3)　三好达治（1900—1964），诗人。
(4)　到明治时代为止，日文中的"诗"专指中国汉诗，用来抒发感动与叙情，"歌"则指日本自古相传的歌谣。
(5)　坂口安吾（1906—1955），小说家，日本战后文学代表者之一。

六之宫公主

"至少不会留下遗憾。"

反过来说，那就表示他有遗憾喽。到了大四，这种心情我能感同身受——打从有记忆以来身份一直是"学生"，可是很快就要不是了。无论是谁，只要身为学生，一定认为自己原本可以做更多事吧。就以我自己来说，大一那年冬天我曾定下"一天看一本书"的目标，可是因为种种原因没能达成目标。而在戏剧方面，我也很后悔没有多看一些。如果说得更坦白，对花样年华的女孩子来说，理所当然也想尝试所谓的"恋爱"，因此难免感到焦躁不甘。可惜唯有这码事，是无法光靠自己努力就行的。

"不过，这跟是不是就读文学院应该无关吧？"

我一边说，一边暗忖他是吟诗社团的人，所以也许言下之意是后悔没有多钻研诗词吧。

"不，文学院学生给人的感觉比较没那么功利。好像念书不只是为了考虑未来的工作，而是真正喜欢文学才会去念。差别就在这里吧。"

定食送来了。小正喝了一口水后，拿起筷子："我也是文学院的呀。你不羡慕我？"

"我当然也羡慕你喽。不管怎么说，你可是高冈大小姐。"

"你这么说，好像我是个天天开心的傻瓜似的。"小正一边开始进食一边说，"不过说真的，寺尾你也的确有点可怜啦。"

"拜托你别用可怜这种字眼好吗？我一定会想办法混出点名堂。"寺尾也边喝着味噌汤说，"不过在你面前，我好像老是特别脆弱。八成是因为上次开会时喝了点酒，一不小心说出真心话吧。刚才那些话，也都是因为你在我面前才会一不留神发起牢骚。"

小正的背一挺，"让男人吐露真心话的女人，高冈正子。"

"这标题下得很怪呢。"

于是小正又好心地解释着："这家伙不是念政治系吗？他说高中的时候就已经立志将来要去联合国工作，所以才选这个科系。说穿了，等于是对未来早有盘算。没想到，实际开始考虑就业问题时，人家才告诉他那种地方注重的根本不是政治。"

"不然是什么？"

"要靠外语能力啦。到头来录取的都是外语系的学生。所以他说，他是白忙一场。"

"虽说白忙一场，其实也不尽然啦。念书当然还是有用的。况且我也不讨厌这门科系。只是发现状况并非现在才突然改变的，而是我自己从一开始就搞错了方向，这点让我很受打击。我满脑子以为，不管怎样先学国际政治之类的东西就行了。"

我不禁沉吟深思。当初我认定"念文学院是唯一的选择"，却压根没想过是为了什么目的。不过，念书，比起这个行为本身，当然也是一种进阶的工具。

　　　　　　　　　六之宫公主

不，如果考虑到大学这种机构的功能，后者或许更贴切。

2

听着寺尾的叙述，想起这已是最后一个学年。一年后的自己想必也已离开大学，正从事某种工作，便感到现实的沉重。

另外，多少也感到时光飞逝，自己正在一步一步更上层楼。

走在校本部内，行经图书馆旁，在两旁种满法国梧桐的路上忽然有人从身后喊我的名字。那陌生的声音和客气的语调令我惊讶转身，站在眼前的是个身穿深蓝色高领衫配宽皮带牛仔裤，右肩挂着皮包的女孩。

"啊！"

"好久不见。"

那是张有着国字脸，有些强悍的面孔。看着这个嘴部线条明确的女孩——对了，去年秋天，我们在高中母校的学生会办公室见过。

"是会长！"

"对，我是结城。托学姐的福，得以在大学继续当你的学妹。我是法学院的，主修比较宪法。"

明快利落的说话态度。年轻的眼眸。大一新生。我反射性地脱口而出："十八岁啊。"

结城学妹没有露出疑惑的表情，立刻点了一下头。不全是因为从树叶之间洒落的灿烂阳光，我忽然觉得她的脸孔很耀眼。

"和穿学生制服时比起来，感觉截然不同啊。你现在已经完全像个大学生了。"

"哪里，还没摆脱高中生的心情。"

"不。比起我大一的时候，你看起来沉稳多了。"

学院不同，所以在偌大的校园内能够遇到，是很难得的偶然。我们并肩在石椅上坐下。结城学妹用黑白分明的眼睛看着我，极为自然地道谢。

"听说和泉多蒙学姐照顾。"

此人果然不愧是会长。和泉利惠，她就住在我家附近。对结城学妹来说，她是三年来共同参与学生会活动的好伙伴。去年，那个女孩出了些事。

"听说她好像已经好多了，是吧？"

"对，简直像被什么洗涤过，整个人焕然一新。虽然变得很沉默，但那种沉默不会令人反感。比起那件事之前，人反而显得更坚强。二月份学生会办送别会时她也出席了。"然后，她像是要让我安心，又补上一句，"看到学妹表演到好笑的地方，她也笑了。"

"那就好。"

7

随着冬天的来临，她开始拼命用功，据说现在已按照当初的志愿，考上理想的短大英文系。若无意外，我们今后应该不会再见面吧。但是，不用见面我也知道，和泉学妹不会忘记那件事。她会一辈子铭记在心。每个人，每天总是在有得有失之间度过。

3

最近即便是去逛旧书店，我浏览书架的方式也渐渐变得有点不一样。毕竟还是会想到毕业论文，所以总是忍不住先搜寻与芥川相关的书。不过，和他有关的书汗牛充栋，所以我并不打算系统性地全部看完。况且，那对于自己撰写"芥川"的论文，也不知究竟是好是坏。

首先，我先拿和自己的"卫星天线"有感应的书。

不过像芥川这样的人物，似乎从各种方向都有人撰文探讨，写法也各有千秋。比方说，在还算是新出版的书籍中，有中田雅敏的《俳人 芥川龙之介：书简俳句的发展》。

虽然强调"俳人"芥川，但并非根据他的俳句作品集《澄江堂句集》探讨，而是从过去，几乎没人注意过的书信中挑出三百多首俳句，企图从中描绘芥川的人物肖像。他居然能找出这样的观点，真令我佩服。

此外，有时即使阅览不相关的书，也会令我联想到芥川。例如，池田健太郎[6]写的《〈海鸥〉评释》，对我来说就是一本非常精彩的书。这本书是针对契诃夫的《海鸥》做评论分析，随着妮娜与特列普勒夫的故事进展加上作者个人的解读。起初，我认为这种形式会被原作压倒，变成多此一举，没想到并非如此。就像是一道美味可口，让人忍不住想一口气吃到光的佳肴。

我会开始看那本书，当然是因为《海鸥》是我很喜欢的戏剧作品之一。我心情沮丧时，甚至会蓦然叹口气，脱口说出"还是那时美好啊，康斯坦丁"。

至于我的其他主要选项还有《第十二夜》[7]中薇奥拉的台词。她面对心爱的人，谎称是自己的妹妹正暗恋某人："就像一张白纸毫无结果。因为她没有表白她的爱，只是暗藏在心中，让这个秘密就像花朵里的蛀虫，侵蚀她那粉红的脸蛋。虽然她害相思害得人都憔悴了，脸色惨白，郁郁寡欢，却还是像石碑上的'忍耐'雕像那样，面带微笑、独自承受痛苦。这岂不是真正的爱情？"

最近，当我看到夏目漱石大师在《文学论》中，论述"压抑的暗恋之情"时，就是举出这一段作为

---

(6)　池田健太郎（1929—1979），日本的俄罗斯文学家。
(7)　莎士比亚的爱情喜剧。

　　　　　　　　　　　　六之宫公主

"英国文学中的佳句"范例，我马上忍不住从椅子上跳起，高喊"漂亮"。

剧作之外，还有武田泰淳[8]的《才子佳人》。双卿说："你是才子，我是佳人。不，没什么好害羞，也用不着难以启齿……我写诗，你来读。我命运坎坷，你为之伤心。我精疲力竭的时候，你与我家亲密来往。我不怨丈夫，也能忍受不幸，早有一生就此葬送的觉悟。但是对于我乃佳人，唯独这点，时时刻刻令我悲伤得几欲疯狂。想到你是才子时，我仿佛看到造物主在高高的黑暗之上大笑的可憎面容。"

不过，这种东西不能公开朗读。

对我来说情人是怎样的呢？应该是只要在那人面前，即使说出这种话，也能够不用感到羞耻吧。那等于是把自己的内心世界，稍稍展现一角给对方看。这时，如果对方的反应是"你好奇怪"，那我恐怕只能拔腿就跑，直接跳河算了。话题扯远了，我要说的是《海鸥》。

其实，我最早是在电视上看到这出舞台剧的。结尾，刚成为作家的特列普勒夫说的台词令我拍案叫绝。在《〈海鸥〉评释》中，池田健太郎引用了这么一段："月夜的描写太冗长，过于造作。特里戈林的手法向来洗练，倒是轻松搞定……若是那家伙的话，

---

(8) 武田泰淳（1912—1976），小说家，熟悉中国文学。

堤防上破裂的瓶口闪闪发光，水车的阴森暗影，单是这样就已经勾勒出月夜。可是反观我自己，只会写些什么颤巍巍的光芒啦，沉默的星星眨眼睛啦，或是在芬芳静谧的大气中渐渐消失的远方琴声悠扬啦……嗐，真是够了。"

厉害。最精彩的是透过两人不同的描写"手法"，成功"描写"出特列普勒夫与特利戈林这两个"人物"的妙处。同时，我觉得过去从芥川书中学到的好像就是这个，令我有双重惊喜。

洗澡时，"洗澡很简单，但要把这个行为化为文章描写得生动写实却很难"。这句话时常浮现脑海。这应该是我初中时看过的，若真是如此，的确很像芥川的作风。接下来我记得好像还有一段"契诃夫只用水车小屋旁瓶子的缺口闪闪发光，就创造了月夜"。也许我记忆有误。我终于与那"破裂的瓶子"相逢了。我对着电视大大地点头。

啊，原来是出自《海鸥》啊。

所以说，我万分期待池田健太郎对此有何高见。

那是第四幕，他是这么注解的："这是契诃夫自己在短篇小说《狼》中使用的写法。这种所谓阴刻版画式的描写，是契诃夫年轻时擅长的手法之一——"咦，如此说来那梦幻的"契诃夫礼赞"的对象，其实不是《海鸥》，而是《狼》吗？查资料果真是件有趣的事。而且，假使在一半打住，根本不会知道后面还有什么内幕。想想还真可怕。不过话说回来，该在哪里适时打住，也是一个问题。

记得有一次，我随手翻阅一堆旧美术杂志，发现里面有一篇介绍餐厅商品样品制作工厂的报道。这间工厂从拉面、意大利面到寿司、炸猪排的样品全都一手包办。制作过程本身，就像奇妙王国的餐厅一样有意思。把假的米饭和配菜，用假的海苔卷起来切开，怎么看都是道地的寿司卷。天妇罗也是把样品的材料沾上假的面衣，真的下锅油炸。文章最后，采访者与用笔彩绘鱼身的师傅有段对话。采访者问："你觉得最困难的地方在哪里？"这应该是问技术上的困难，但师傅回答："该在哪里停手。"果然有理。

比方说鲑鱼片的样品，必须精细描绘到宛如实物，或者该说，在这个情况下就像从高桥由一[9]的画中撷取出来一样栩栩如生，这样的工作，如果每天按照进度必须做许多个，肯定会碰上"该在哪里停手"的关卡。

于是我想：会去追求某种事物，正是身为人类的证明吧。

---

(9) 高桥由一（1828—1894），明治初期西洋画界的代表画家，擅长以油彩追求写实。

4

话题从芥川扯到了契诃夫。总之我利用课业空当，看完那本《〈海鸥〉评释》后，回程顺便绕道神田。

沿着白山路朝水道桥车站那边转弯，在不知第几间旧书店的架上，我发现了四五本老旧的契诃夫全集，那是没有外盒的散册。玫瑰红的书背配上黑色封面。第一卷和二、三、四卷都不知去向，我手上拿的第五卷却正好收录了那篇《狼》。这就叫作运气。

心有所思时正巧得到那本书，令我心情大好，决定去咖啡店打牙祭。那是一间供应自制芝士蛋糕的店。我点了红茶与芝士慕斯蛋糕。

然后，想必任何人都会这样做，我取出刚买的书开始阅读。解说者是原卓也[10]。此处也秉持"契诃夫描写的秘密，正藏在这'破瓶子的缺口'"的论点，把《狼》与《海鸥》做比较。看来这似乎是众所周知的事实。这样的话，在那传说中的"契诃夫礼赞"论述到文章时，举出这个例子，想必就像早上该道早安一样理所当然吧。

小正参加的创作吟社团，有个专攻俄文的读书家。问那个人的话，说不定马上就能获得解答。不过，现在那位俄文先生应该已经毕业了。有些疑问可以问人，也有些不能问。总之，基本上我的疑问应该

---

(10) 原卓也（1930—2004），日本的俄罗斯文学家。

算是获得了解答。

我举起叉子，插入雪白柔嫩的芝士慕斯蛋糕。然后一边吃蛋糕，一边翻页，继续阅读。边吃东西边看书很没规矩，所以我立刻遭到报应。我赫然发现，原卓也在论及契诃夫的出色文笔时，用他对"杀戮后的残忍场景之描写"为例。"一切都过于骇人……但是，对亚科甫而言，再没有任何东西比浸在血海中的水煮马铃薯更可怕。"

我只能把已经吃进嘴里的东西勉强吞下去，然后，抓起杯子猛灌水。引用这段是解说者的"技巧"。但对我而言，时机实在太不凑巧了。

我决定暂时合起书本，环视狭小的店内。左手边是蛋糕专柜。墙边放有装着饼干的篮子。大玻璃柜内分三层陈列着许多种蛋糕。

玻璃柜前站着一个女人，身穿胸前缀有亮丽串珠刺绣的家常服，衣服是黑色的。她正在选甜点。巧克力蛋糕、栗子蒙布朗蛋糕、提拉米苏、苹果派、果冻……这么仔细打量之下，五彩缤纷的甜品犹如珠宝盒。她的视线从上往下移。垂到脸上的长发，被她倏然伸指甩到身后。这时她轻叫了一声。同时，响起某种硬物撞击玻璃的清脆声响。

女店员隔着玻璃柜问："出了什么事吗？"

"我的耳环！"

大概是为了保持低温，玻璃柜的照明设备装在柜

14

外。柜前的上下，好像装有日光灯。灯管各自被遮盖，所以看不见灯管本身。耳环从玻璃柜透明的"崖壁"滑落，掉进埋有日光灯管的凹槽。

串珠刺绣小姐把脸贴在玻璃上，努力往凹槽中看。

"拿得到吗？"

店员也从里面出来，两人轮流试着把手指伸进凹槽中，不过好像不太成功。如果拆下日光灯，凹槽内的空间会变得比较宽敞，手指要伸进去应该不成问题。可是，那么做的话，恐怕会是件大工程吧。

也许有点鸡婆，但事情毕竟就发生在我眼前。况且俗话说旁观者清。我站起来，走到旁边，试着问："要不要用胶带试试看？"

胶带是固定蛋糕盒的必需品。立刻有人拿来胶带，把黏着面朝下垂落。这是要用来钓耳环的。可惜，不像我想象的那么顺利。可能是耳环太重，试了老半天就是黏不上来。

眼看事态触礁，这次轮到坐我对面那张桌子的女人拿着皮包站起身。她看起来应该年近三十，白净的脸上戴着细框眼镜，看起来完美地融合了聪颖与童心，是张很讨人喜欢的面孔。绿色系的格子西装外套，被她穿得极为自然高雅。

"让我来试试看。"

她打开手上的皮包，拿出一个金属铅笔盒，也就

15

六之宫公主

是俗称的铅笔罐。我纳闷地观望，只见她咔嗒一声打开，里面装着折叠式放大镜与一套镊子。她那娇小的手取出那套镊子，当场蹲下开始灵巧地操作，一下子就把耳环给夹上来了。

"谢谢。"

串珠刺绣小姐向她道谢，结束这场风波。镊子小姐就这么结账走掉了。

回到位子的我，喝了一口冷掉的红茶，开始思索刚才那位解决问题的小姐。

在铅笔盒里装着放大镜与全套镊子，并且随身携带。这应该不可能是为了这次意外状况而刻意准备的吧。这当然，一定有她的目的。她到底是做哪一行的呢？昆虫学者吗？抑或植物研究家？

毫无结论。总之不管怎样，在这世界上，果真是什么人都有。

5

我按着挂在肩上的背包，正走在大学中庭，忽然被教近代文学的加茂老师叫住。我和老师在我大二时由于某件事有过一番交谈，从此老师就记住了我的名字。

"啊，你出现得正好。"

"是。"

"我正在到处找你呢。"然后老师把小眼睛眯得更细，淘气地微笑着，"小姑娘，你需要钱吗？"

我忍不住也跟着莞尔一笑："是的，很需要。"

"那好，你要不要打工？你听说过三崎书房吧？"

我点头。那是一家以出版文艺书籍为主的中坚出版社，"三崎选书"这个系列价格适中，而且选的书也很有可读性。老师继续说：

"那家出版社决定要替田崎信先生出版全集。"

田崎信是文坛耆老，年纪大约有八十岁了吧。擅长写散文随笔与短篇小说。说到这里，我才想起他的回忆录就是三崎书房出版的。最近几乎不曾见他有新作品问世。不过，打从数年前起，他就在文艺杂志上每年分数次，不定期地连载《乱世》这部长篇小说，我也曾断断续续看过。书中的主角在中世⁽¹¹⁾与第二次世界大战之间自由穿梭时空，是篇很不可思议的小说。

"《乱世》怎么办？"

"听说会收录在全集小说部分的最后一卷。那是本好作品，真的是很棒的作品。"加茂老师边点头，边再三强调。

老师说四月"我要跟你一起毕业"，也就是他要

---

(11)　在日本史上专指镰仓与室町时代。

退休了。那张慈祥老爷爷的面孔，现在正讲得兴高采烈，像个三岁小孩。我忍不住脱口而出："和田崎老师比起来，老师您还非常年轻呢。"

"不，这个嘛……"老师抓抓头，"算了，我的事姑且不谈，重点是三崎书房。他们在编纂全集的过程中，听说需要人手帮忙。好像不会耽误太多时间，所以你要不要去试试看？"

"噢……"

我含糊地回答。我很犹豫。老实说，我到目前为止还没打过工。虽非温室的花朵，但是待在温室里的确比较轻松。我怀疑自己是否能够胜任这份工作，此外也有点担心时间的问题。不过，"需要钱"这个回答倒也不是敷衍之词，而是真心话。我想买一样东西，写毕业论文时用的文字处理机。

我算是很会保养东西，现在手边就有一台相当老旧的。反正不需要制表或画统计图，所以我本来觉得用这台旧的就够了。但这个想法最近改变了。因为我去附近的大卖场买录音带时，不经意地玩了一下大卖场陈列的文字处理机，输入"葡萄"的假名拼音，结果居然能自动变换成汉字显示。据说这年头这已是理所当然的必备功能，但我还是忍不住很佩服。

会为了这种事佩服的我，或许也是个怪丫头。想到这里我输入"怪异"这个假名，没想到荧幕上出现的汉字却是"平安名"。这太搞笑了。为什么会变成这样，我也不太清楚。总之效能似乎有天壤之别，印字也又漂亮又快速。我很想买一台。

老师稍微侧过脑袋："怎么样？出版社的人问我有没有适合的人能帮忙，我跟他们说我有个中意的学生。我把名片给你，你自己去打听一下好吗？"

老师都把话说到这个地步了，比起钱的问题，我只有满心感激。我立马说好。

6

翌日，我在犹如梅雨前线的小雨中前往神田三崎町。

白山路对面有几栋大楼正在施工。工人搭起朝天空戳刺的钢骨铁架，上面放着挖掘机。也许是因为下雨，挖掘机垂下手臂休工。我来到之前发生耳环风波的那家咖啡店前。自上次之后已过了大约一个月。我从那边打横拐入，沿着涂成芥末绿色的护栏步行。

老师在名片背面替我画了张简单的地图，我拿在手上确认。一辆白色厢型车正从拐角驶出，看来是要开进那条小巷。被雨冲洗过的厢型车擦身而过，同时发出细微的啾啾声。可能是雨刷有点问题，和挡风玻璃摩擦时就会发出这种声音。

六之宫公主

我把伞稍微抬高放眼望去，挂有三崎书房招牌的三层楼房就在眼前。是一栋米灰色、看起来挺可爱的楼房。外面的大马路我走过很多次，拐进这条巷子却是头一遭。耳闻已久的出版社，竟然就在距离自己活动范围这么近的地方，这种感觉有点奇妙。不管是什么事，被我漫不经心擦身错过的情形，想必在其他方面也不胜枚举吧。

建筑物边上有个小小的入口。我把雨伞插进伞架，往墙上一看，上面贴着最近出版的新书广告。这下子，才真的感到：啊！果然是家出版社，由此可见其外观是多么单调无趣。柜台小窗口里面坐着一位中年大叔，看起来很像公寓管理员。桌上放着大大的萩烧茶杯，还有两个很像是某地名产的乡下豆沙饼。

"有什么事吗？"

大叔主动开口问道。我报上自己的姓名："请问编辑部的天城小姐在吗？"

"在的，你等一下。"

大叔慢吞吞地说。他拿起话筒，不知跟哪里通报之后，"请你搭那边的电梯到三楼。"

我好紧张。在电梯中，忍不住抬手做伸展运动。

一出电梯跨到三楼走廊上，右手边正好走来一个穿着印花衬衫的女人。那人看到我就嫣然一笑，向我打招呼："我是天城。"

我大吃一惊。是镊子小姐。

7

　　我们走进旁边标有第一会客室的小房间。从窗口可以看见烟雨蒙蒙的神田后街。我先自我介绍。

　　"你的毕业论文要写什么？"

　　"芥川。"

　　"是吗？"天城小姐说着眨眨眼镜后面的双眸，"田崎老师应该和芥川见过面的。"说到芥川龙之介，给人的感觉好像是年代遥远的历史人物。不过，田崎老师可以说是从少年时代便纵横文坛，二人的确可能接触过。

　　"啊，是这样吗？"

　　"若要作为写论文的参考，或许帮不上忙，不过有机会的话，你不妨问问老师，芥川是个什么样的人。"

　　"是。"

　　我回答，想到自己也许会见到那位田崎信大师，不禁又紧张起来。同时，对于事态就这么自然演变成确定来此打工，多少也有点不安。

　　"说到工作，请问要做些什么事？"

　　"主要是复制。"

　　"啊？"

　　"先复制资料。"

　　"要亲手抄写副本吗？"

　　天城小姐微笑着说："当然是用复印机。你一定觉得太简单吧。但你可别小看这个工作，因为这可是

21

最基本的程序。要复印几百页的东西，光是时间就得耗掉不少，况且中间要是漏印了一张没发现，那可就麻烦了。"

我能理解。

"我了解了。那么，要复印什么样的东西呢？"

"田崎老师的书，有几本现在市面上已经找不到了。能借的我会尽量去借，然后复印。比较麻烦的是刊登在报纸杂志上的作品。这方面要请你直接去图书馆复印。"

"好。"

"有些东西只有国会图书馆才有，那里不但要等很久，对复印张数也有限制。所以到时必须请你多跑几趟。当然，我会把你等候的时间也计算在内，按照时薪支付给你。"

"好。"

"还有，除了全集之外，现在正在做的书如果打样稿印好了，也要请你复印。光靠印刷厂送来的打样稿根本不够。这也是一项很耗时的工作。"

虽然她警告我不要想得太简单，但是听起来我应该可以胜任。我们谈到我能来工作的天数，最后说定每周会来帮忙十八个小时左右。天城小姐记下是星期几，附带告诉我时薪是九百日元。我不知道这样算多还是少。倘若就出版社的立场来看，值得怀疑的是我今后的工作表现。他们付出这笔钱是否划算，对他们来说也是个疑问。

"我没想到是这种打工。还真的是什么工作都有。"

"如果去楼下的营业部，那可得卖劳力干粗活哟。要配合订单打包装箱，一一排好等待寄出。书本很重，所以相当吃力。听说有个男孩子闪到腰，还逞强硬要继续做，结果弄得腰伤变得很严重。总而言之，对你来说，那种工作应该不适合吧。"

"是。到时八成会需要叫救护车。"

谈话告一段落。我们说好之后接下来与编辑部的人见面，让我接受两三个小时的研习后便正式上班。

"那就这样。"

天城小姐说着弓腰准备起身，我忍不住把憋了很久的问题问出口："请问，大约一个月前，我们好像在附近的咖啡店见过面。"

"咦？"

"就是发生耳环事件的时候。"

我用指尖做个操作镊子的动作，天城小姐立刻砰地轻拍桌子。

"啊，你是坐在对面的那个女孩。"

"没错，没错。"

"哎呀，看来我们好像很有缘。"

我也这么想。不过问题不在这里。

"所以，我很好奇当时你为什么会带着一套镊子和放大镜？我那时还以为你是昆虫或植物研究家。"

"那是我工作用的工具。"

"用那个做编辑？"

天城小姐颔首。

"镊子是为图版贴上说明文字时用的。至于放大镜则是用来校色，也就是把彩色印刷的细部放大逐一检查。我那时正好在做《日本的传统色彩》这本书，所以随身携带着自己的工具。"

原来如此，听她这么解释，我完全明白了。从外部看来很不可思议，其实进入里面一看，毫无玄机。

"好了，那我们走吧。"

听到天城小姐这么说，我答声好连忙起身。

第二章

1

开始打工已有一个月。

每周有三天，我会在下午或者傍晚去出版社报到，像这种日子我通常一待就会待上很久。并不是为了多赚一点时薪，而是工作没有告一段落之前我不想走。

我把样稿上的订书针拆掉，将复印机设定成数十张连续复印机器就会自动送纸，所以很省事，不过如果漫不经心立刻会出意外。必须时时盯着看有没有卡纸、是否两张纸叠在一起，印完之后还得立刻检查有无遗漏，出乎意料地需要绷紧神经。因为是做这样的工作，所以没把一本印完之前，根本无法告一段落。

当然还是有所谓的正常上下班时间，不过一般大家过了五点都还没走，晚上八点左右必定还有人在。所以，机器当然也能继续操作。

六之宫公主

复印的数量超乎想象。我甚至怀疑以前的人是怎么解决的。当时样稿大概会多印刷几份，资料也是用拍照的吧。

田崎老师的书也以战前的作品为主——复印。

有些作品实在找不到，就得去国会图书馆。第一次是天城小姐带我去，领着我四处介绍。第二次开始当然就是我一个人去了。

规模果然不一样。我翻阅资料卡找战前出版品，果然找到了。凝视着手写的书名和作者名称，我不禁心生感慨，远在半个世纪以前，的的确确有人亲手在这卡上写上这些文字啊。

翻开图书馆馆员给的书，上面盖着"帝国图书馆藏"[12]这个大大的朱印。于是，我忍不住乱想：再过半个世纪后，翻开这本书的又会是谁？

在这里，人们不能自行复印各种书，必须拿去专用柜台，按照一次限印五十页的规定，委托馆方处理。

我满怀好奇地探头往里瞧，只见穿着黑围裙戴着墨镜的男人们，逐一解决大家的委托。为了节省时间，他们没有每印一张就盖一次复印机的盖子。只见复印机每操作一次，强光就从下方扫过，直接照亮那

---

(12) 日本国会图书馆是1948年因应"国立国会图书馆法"而设立的图书馆，翌年与上野图书馆（帝国图书馆）合并，1961年本馆于东京千代田区永田町落成。

些人的脸部。让我觉得好像在参观某个奇异的工厂。

就这样，借书、复印，两边等待的时间都很久。其间我只要坐在椅子上看书就行了，所以倒也无关痛痒。连那种时间也能换算成时薪，还真有点不好意思。

不只是书，凡是需要用到的旧杂志和旧报纸也得逐一调阅。不能借阅的也已做成微缩影片，可以轻易看到，也可委托馆方复印。这项工作有个麻烦的关卡，就是会忍不住沉迷于和工作没有直接关联的报道中。尤其是草创期的《文艺春秋》简直像是大麻，令我食髓知味、不忍释手。我再次觉得菊池宽(13)真是个了不起的人。

走上放报纸的四楼，这里也挤满了想用微缩胶卷查阅旧资料的人。按照投影片的方式在桌面荧幕映出报纸，画面会随着操作如瀑布流过。一群人排排坐着埋头阅读明治某年报纸的场景，还真是壮观。

查阅之下，才发现即便是国会图书馆这样的规模，收藏的地方版旧报纸还是会有缺漏。短期连载的中篇小说中间也会少一段。

天城小姐事前就教过我：伟大的事物，一定有渠道可以查出它的下落。有些书可以查出现存报纸资料的下落。

---

(13) 菊池宽（1888—1948），小说家、剧作家，杂志《文艺春秋》的创办者。

　　　　　　　　　　　　六之宫公主

所以我发现，关于田崎老师的中篇小说，只要去东京都内某大学的研究室就可拜读。翌日上完小组研讨的课开始闲聊时，我随口提起这件事，我的毕业论文指导教授曾根老师立刻替我写了一封介绍信。果真是师恩如山。

曾根老师是个留着小胡子的中年人。声如洪钟。当时他是这么说的："你这个兼职工作可是对文化有很大的贡献啊。"

选修同一个小组研讨课程的其他同学满脸羡慕，撇开贡献云云不说，这可是个钱多事少的轻松工作哩。老师又说："那么，你打工赚来的钱要怎么花？"

"是。我打算买毕业论文要用的文字处理机。"

"这个主意好。就用你的头脑和文字处理机来写吧，是用头脑和文字处理机哦。"老师这话说得很妙。

"不然还能用什么写？"

老师不停抚摸胡子，得意地笑着环视举座。

"每年，我看很多人都是用剪刀和糨糊。"

剪刀与糨糊是必要的。但是，光靠剪剪贴贴就想了事那可不行。文学评论也是一种创作，所以必须从中确立自己的意见才行。

我立刻把原委向天城小姐报告，前往那间大学的研究室。那里完全禁止复印。透过褪色的纸面，可以感受到昔日火灾发生、东京名士莅临演讲、连续动作片上映等地方都市的风貌。一开始我曾问过天城小姐是否要亲手抄写,这时,果真一语成谶。那里连墨水也不能用,所以我只能拿起铅笔一个字一个字地抄在稿纸上。

复印当然也是值得尊敬的工作,但自己动手的这一刻,我还是觉得充实多了。

2

周五我是下午四点开始上班。若是早上,进门时说声"早安"就万事解决了,但黄昏可不能如此。说"午安"好像有点客套,说"晚安"又嫌太早。可是说"打扰了"又像是上门来推销的。因此,我姑且决定喊"报告"。

回应我的是一声"辛苦了"。编辑部成员有七人,后方桌子的第八位人物,竟是社长。他的面容温煦,给人的感觉是个亲切的大叔。得知大领导也在同一间办公室,把我吓了一跳。

总编辑是小杉先生,瘦长的脸总是低垂,也因此看起来深谋远虑,不时会冷不防说出含意深远之词。

眼神尖锐的榊原先生很像旧时代的文艺青年,管他是烧酒或威士忌一律照单全收,是酒国之王。

我最常接触的,当然是天城小姐。她的全名是天城赖子,是田崎信全集的主要执行编辑。编纂实务据

29   六之宫公主

说是由编辑委员中的两位大学老师担纲。天城小姐负责加以统合成形。

另外，在出版社这边，还有饭山这位娃娃脸先生负责从旁协助。饭山先生也是"三崎选书"系列的执行编辑。

说到出版作家全集，若是大型出版社应该会有专属工作人员负责，但以三崎书房的规模，很难这么做。天城小姐也是在这项工作进行的同时，编辑着其他的单行本。

榊原先生、天城小姐、饭山先生，还有我，我们四人一起去喝过酒。不过我几乎只是陪坐。席间聊得很有意思。天城小姐在这种场合也照样利落地主导对话进行。

榊原先生猛灌日本酒。我很想说他简直是把酒当水喝，不过如果是白开水应该喝不了那么多吧。酒王一起身离席，饭山先生就发话了："那家伙不会勉强逼别人喝酒，对吧？"

"啊，真的呢。"

"在酒量强的人当中，像他那样算是很少见的。"

"那种人通常会说：我敬的酒就不能喝？不给我面子吗？"

"对对对。"

榊原先生给人的第一印象好像有点可怕，但实际交谈之下发觉他一点也不可怕。他其实是个好人。夸奖榊原先生"好"的是饭山先生。

"这家伙啊，是好人，真的是好人哦。只可惜啊，这家伙的优点，女人不懂得欣赏。没办法。我要是女人，绝对不会放过他。"

饭山先生肉嘟嘟的脸颊上嘴角一咧，"有些事情就是这样。"说着他自己先笑了。

3

今天没看到天城小姐。她不在的时候，通常会有人代为转达我该做什么工作，再不然桌上也应该会留字条。

办公室角落的空桌子基本上算是我的。其实原本只是共享的工作台兼置物空间，基于"也该给那孩子弄个坐的地方"，所以才指定为我的位子而已。桌面看得见的部分少得可怜，抽屉里也塞满装有各种文件的袋子和文库本、直尺、圆规、七八年前的头痛药、生锈的脚踏车钥匙，最莫名其妙的是居然还有附带金色印泥的"春风万里"[14]这个橡皮章。

我走到位子上，一放下背包，坐我前面的饭山先生就说："啊，天城小姐说，请你送三杯茶去第一会

---

[14] 语出李白之诗，知名陶艺家北大路鲁山人偏爱此句。

客室。"

"什么？"

明知失礼，我还是忍不住脱口反问。在编辑部，有时若我带来我家那边少数算得上名产的煎饼，当然也会泡茶，不过还没端茶给客人的经验。因为开始复印工作后，手根本空不下来。可是今天一开始就"指名点我坐台"，这是怎么回事呢？

饭山先生似乎看穿我的想法，又补充解释道："今天田崎老师来公司，第三杯茶是你的。"

"啊？真的吗？"这真是无聊的回应。

只要端茶，所以拿着托盘还能用另一只手敲门。进去一看，与天城小姐相对而坐的正是在照片上久仰多时的田崎老师。照片中多半是穿和服，但他今天穿着潇洒的西装，是一位很适合西服的银发绅士。真不敢相信他已有八十高龄。

"我来换新茶。"

我正想屈膝蹲身，天城小姐却指着她身旁的位子说："你坐下。"

"好的。"

我换好茶杯，在自己面前也放下一杯，神情肃穆地恭敬坐下。田崎老师开口了。他的声音略显高亢。

"我正在听她谈你的事，她一直在夸你哦。"说着看向天城小姐，"这丫头啊，可是很少夸奖别人的。"

老师表情不变地说。他有点地包天（虽然没有大力水手那么严重），表情很强悍。我忍不住乱想，老师年轻时一定很会打架吧。至少在文章上，是个牙齿——不，应该说笔不穿衣服的人(15)。

"我哪比得上老师那么严厉。"

"我才没有。到了这把年纪只有被欺负的份。你少来了，丫头。"老师戏谑地说道。他喊天城小姐"丫头"。这应该是信赖的证明吧。"六十年前写的东西，我哪儿还记得啊。"

桌上，放着文字处理机打出的作品清单和几份复印稿。清单上用红笔做了记号。天城小姐不慌不忙地说："听说您以前很风流，还有旧情人带着孩子找上门呢。"

老绅士扑哧一笑。

"没出嫁的小姑娘，可不能乱说这种话哦。"

"我马上就三十了。"

"三十还是小宝宝呢。"

"我的事不重要。《团栾》怎么样？"

那是我亲手抄写的中篇小说，我连忙竖起耳朵。

"啊，我想起来了。我记得当初是名古屋的报社来邀稿。是谁的介绍来着？总之当时我正值创作力旺盛的时候。"老师的记忆力超乎预期，一打开话匣子便滔滔不绝，"当时平凡社集合了一批年轻作家

---

(15) 牙齿不穿衣是日本的谚语，形容人有话直说。

六之宫公主

要出某某全集，那是昭和初期，执行编辑是菊池先生。我呢，听说可以看到横光利一(16)之类的名人，就去了位于木挽町的文艺春秋俱乐部。结果菊池先生还特地抓着我这毛头小子，用他出名的快嘴说：'小伙子，你的作品好。'他还说目前为止我写的数量还不够，所以无法收进这次的全集，但是，就资质而言，我绝对应该加入那些人。然后他邀我替《文艺春秋》写稿。我当时别提有多感激了。不过，初生之犊不畏虎，直到那天为止，我本来还很不以为然，心想文坛巨擘菊池宽算什么东西。那个年代的文艺青年，大致上都是这样。总觉得菊池宽就等于恶俗、小资产阶级。不过，当他本人主动来到身边，毫无架子地坦率跟我说话，我马上就臣服于他的魅力。不过，不是因为凑巧得到他的赞赏，也不是那么简单的感激。当时他那双湿润的眼睛，至今犹在眼前。他真的是个……该怎么说，总之是位极有内蕴魅力的人吧。"

老师说到这里，对我说："像你这种小朋友，看过菊池先生的作品吗？"

"是的，我看过文学全集。短篇小说有很多杰作令我颇为惊讶。我认为他是个值得更高评价的作家。"

我的回答有点公式化，但确实是真心话。

---

(16) 横光利一（1898—1947），小说家，师从菊池宽，与川端康成等人创刊《文艺时代》，是昭和初期的代表作家。

"短篇——这么说来，你也看过他的长篇小说咯？"

"我看过《真珠夫人》。"

天城小姐微笑着说："这年头，问一千个人都没半个看过。你真是个有趣的女孩。"

其实我没她说的那么好。只是凑巧在旧书店发现菊池宽全集的那一卷。因此，会看某本书其实也多半只是因为碰上了就抓来看。就拿大三时研讨课老师特地推荐的小栗风叶[17]的《青春》来说吧，我到现在都没看过。

"不，我看了，这孩子也看了。你看吧。三人凑在一起，就有两个人看过。"

"老师，这种道理说不通的啦。"

田崎老师可不管这么多："谁说的？"

"我认为那是最适合改编成电视剧的书。现在流行波澜壮阔的磅礴大戏，就算不写新戏，只要拿《真珠夫人》[18]改编就行了。好好做几套贵族华服，再写个好剧本，绝对会很有看头。不过，若叫我继续看他的其他作品，我实在提不起劲。"

"嗯。"田崎老师喝了口茶，"就像芥川先生，据

---

[17] 小栗风叶（1875—1926），小说家，师从尾崎红叶，以架构精巧、文体优美而著称。

[18] 菊池宽的报纸连载小说，描写大正时代的男爵千金琉璃子为救遭人陷害的父亲，只好放弃贵族情人下嫁高利贷业者。曾数度改编为电影和电视剧。

六之宫公主

说也曾劝菊池先生写点更像样的东西。不过，菊池先生还是继续写他的大众通俗读物。而且他还说，撇开作品的好坏不论，自己的作品能留到最后的，到头来恐怕还是大众读物吧。他是说真的。同样地，他也说即使樋口一叶[19]再也没人看，《金色夜叉》[20]应该还是会广为流传。他说世间就是这么回事。像他那样万事看得透彻的人，唯独在那方面，却看走眼了。"

田崎老师说这番话的态度并不客观。毋宁可以感受到，那是超越作品这个领域，对作者菊池宽本人的哀悼以及喜爱。菊池宽就是足以令文风截然不同的作家田崎信如此认为的人。

天城小姐举起右手，稍微调整一下眼镜后说："这孩子说，她的毕业论文要写芥川。老师有没有什么关于芥川龙之介的逸话可以提供？"

"怎么，你这说法，简直像是来店里买东西。"

"您别这么说嘛。"

"嗯。位于田端坡上的芥川家，我倒是去过一次。芥川先生看起来年纪不小，其实那时应该才三十几岁吧。而我，也还是青春美少年。"

"我了解。"

"你的反应太冷淡了吧。"

我斗胆试问："当天曾聊到他的作品吗？"

---

(19) 樋口一叶（1872—1896），小说家，歌人。
(20) 尾崎红叶的代表作。

"这点我本来也很感兴趣，不过严格来说，谈的好像都是外国小说和绘画。不管跟他聊什么，也不管是谁跟他聊，芥川都会回以数倍的答复。"

他的博学多闻，甚至有人以百人一首[21]的名句"如龙田川之织锦"[22]取其谐音戏谑地改为打油诗"如芥川之知识"来形容。老师继续说道。

"关于芥川先生自己的作品，只是顺势在话题中略微提及。"

"谈到的是什么作品？"

老师倚着椅背，仰望天花板。

"……《六之宫公主》。"

仿佛空中映出彼时情景，老师依旧仰着脸呢喃："那也是个奇妙的故事。"然后说，"……当时大家从西洋的骑士故事聊起，不知是谁提到芥川先生的《六之宫公主》。芥川先生当时穿着铭仙[23]的小袖单衣。嘴上叼着烟，手里还不停摇着火柴盒。然后，他取出火柴棒点燃吸了一口烟，开口说道：'那是撞球……不，应该说是传接球（catch ball）。'"

我瞠目结舌。《六之宫公主》正如其名，是描写

---

(21) 集合自古以来最具代表性的一百位歌人，各选一首作品而成的和歌集。

(22) 原句为"岚吹三室山红叶，如龙田川之织锦"，作者是俗名为橘永恺的能因法师。意思是三室山上被强风吹落龙田川的红叶，漂在河面上宛如连绵织锦。

(23) 丝织品，主要产自埼玉县的秩父及群马县的伊势崎。

古代宫廷的故事，应该不适合使用这种字眼才对吧。

"那是什么意思？"

老师宛如大梦初醒般蓦地看着我的脸。

"不知道。他只是冷不防丢出这句话。当然，在场的人也曾追问他言下之意，他却笑着不肯解释。他撩起头发，立刻转移话题，于是大家也就不好再继续追问下去了。"

我想了一下，"就像《罗生门》和《鼻》，《六之宫公主》也是以《今昔物语》为题材对吧？像这样，不就等于是根据原有的东西创新吗？有点像撞击母球，让另一颗球滚动的状况吧。"

天城小姐摇头。

"这点应该大家都知道，所以他特地这样说才显得奇怪。况且，又是用那种迂回的说法。所以，他应该是另有所指。"

我的假设轻易遭到击破。原来如此，说的也是。

"你对这种事很在意吗？"

"是。"

"那么，我好像不该提这个。这么久以前的事，又只有一句话，本来就不可能弄清楚。"

"哪里——"我答到一半不禁讷讷难言。

有位落语家春樱亭圆紫先生。基于某种缘分，我们得以相识。那是个很不可思议的人，面对古怪至极的谜团，他总是能像拉鞋带似的轻松解开。看多了他的表现，我几乎以为自己碰上的所有谜团也都能迎刃而解。

4

七点过后开始下雨。我带着伞所以不愁。回程的电车上难得和姐姐一道。

姐姐穿着窄腰的小圆点衬衫，配着同样布料的七分裤。耀眼的银饰纽扣，大耳环也一样是银色的，一身打扮格外醒目，看起来时髦洗练。附带一提，我穿的是T恤和牛仔裤。

电车中人很多，所以我们的脸靠得很近。姐姐的双眼皮大眼睛看起来更大。

"打工怎么样？"

"很顺利。"

"做什么事都需要经验。"

姐姐在百货公司之类的地方打工经验很丰富。即便是做妹妹的我，都觉得她是无可挑剔的大美人，所以我想她只要往卖场一站，大概就能提升业绩吧。不过，男同事们打来的电话实在令人招架不住。当时才念初中的我，曾经多次一边偷瞄在旁摇手的姐姐，一边被迫替她斩桃花，宣称"她不在"或"她已经睡了"。

39

今天姐妹俩同行，所以我们索性从车站直接搭出租车回家。到家后姐姐先去洗澡。

我正准备上二楼，坐在厨房椅子上看报的母亲，好像忽然想起什么似的说："啊，百合开花喽。"

隔着邻居家潮湿的砖墙，现在正是令人想张开双手抱满怀的绣球花簌簌摇曳，花房展现嫣红风姿之时。相较之下，我家院子的明星植物，是门旁的铁炮百合。处在那种位置就算不想看也看得到。伸出的纯白花嘴相当紧实，也不知打算几时才开花，简直像在吊人胃口。

现在居然开花了。因为天色已暗，而且又撑着伞进门，所以刚才我竟然没发现。

电话旁的置物柜里放着手电筒。我一走过去，旁边的电话正好响起。我间不容发地拿起话筒说"喂？"也许是我接得太快，一瞬间，对方的声音好像卡住了，然后，才报上姓名："敝姓鹤见……"

是个听起来很正经的男声。我也跟着道出我家的姓。

"……对不起，不好意思。"

"没事。"

对方既然道歉，我想一定是打错了，于是马上挂断。我一边悠哉地小声哼歌，一边寻找置物柜中的空饼干盒。拿出手电筒打开。正觉得灯光有点暗，电话又响了。还是刚才那个声音。

我把我家的电话号码一个字一个字地念给他听，说完"请你确认之后再打"就想再次挂电话。对方慌忙说"请等一下"，然后就像一把年纪竟还迷路的青年，用语带尴尬的声音报出我姐的名字向我确认。

"找我姐吗？"

"啊，原来你是她妹妹啊！"对话变得很无厘头。

"请等一下。"

我瞄了一眼还没摘下的手表。已过了十点。

我把浴室门拉开一条细缝，只见姐姐把洗好的头发用毛巾包着，正在泡热水澡。她把熏得红红的脸转向我。

"找我的？"

雪白的肩头在热水中若隐若现。

"嗯。是一个姓鹤见的人。他一开口就道歉。"我没说出因此我才会挂电话的事，"怎么办？要跟他说你已经睡了吗？"

姐姐伸出左手放在颊上，看起来就像在热水中托腮沉思，接着她说："你跟他说再过三十分钟左右，我会打给他。"

然后，她保持那个姿势抬眼微笑。想必是想起今天那个鹤见之所以道歉的事吧。在蒸汽彼端氤氲、沉湎在回忆中的笑靥——我这个做妹妹的这样说或许奇怪——真的很可爱。

我撑着伞，打开光线微暗的手电筒走到院子里。

雨脚远去，只有雨滴不时滴滴答答地打在伞上。百合正好到我胸口的高度，结了七个花苞。

还剩六个花苞，只有一朵抢先绽放。

修长伸展的花苞，只因为紧闭，看起来仿佛欲言又止。靠近花蒂的地方，白色渐渐染上绿色。表面点缀着水滴。

唯一绽放的那朵，开得可漂亮了。梅雨季已近，衬着夏季雨夜的黑幕，冉冉绽放华丽的花瓣。被光一照，今天首次接触世间空气的花筒中，是犹如蜡制品般出尘脱俗的雪白。只见花上的雄蕊尖端，如蛋黄碎裂的花粉已早早洒落点点痕迹。

我不知道百合的花语。但是，花与比喻无关，在雨中如此俨然绽放。

5

翌日早晨，我下楼进厨房，随手先拿起桌上的报纸，结果发现一篇有趣的报道。

三得利美术馆收藏的六片式成对"祇园祭礼图屏风"原来是一整幅长条屏风图。右边的部分，如果与远在欧洲由德国科隆东亚艺术博物馆典藏的"祇园祭礼图屏风"二片式成对屏风放在一起，无论是连接的部分或画风都完全一致。若光只是这样，还没什么稀奇。重点在于，它的左边和纽约大都会美术馆收藏的二片式成对"鸟居图屏风"的左半边一致。而纽约大都会美术馆位于大西洋彼岸，与科隆相隔遥远。再加上它的右半边，好像和俄亥俄州克利夫兰艺术博物馆的"贺茂竞马图"相连。

这已经只能称之为浪漫了。这是治疗低血压的良药，我立刻脑清目明。

的确，若依照片来看，果真构成了美丽的风景全景图。金色的云彩下，绵延的京都街景，参加祇园祭的山车，步行的人群。

看着报道我忽有所感。

若真要探知田崎老师提到的那句芥川名言其背后隐藏的意义，应该也不能说完全做不到吧。

即便隔着遥远的时空，分隔两地的断片还是在该发现的地方被发现、安置，这种事，就这样发生了。

这时，我的脑中忽然浮现一幅图画。

6

我开始自行调查《六之宫公主》。

我先从家中现有的书找起，不足的再去邻市图书馆借阅。和国会图书馆的规模比起来，邻市图书馆就像大人与小孩有着天壤之别。不过，市图可以把书借回家。最棒的是馆内采用开架的方式，可以直接拿书，就个人使用而言，市图还是方便多了。

看着借回来的书，有一本战前出版品让我很想查阅细节。这种时候无法"等一下"是我的天性。幸好萌生疑问的翌日，正巧就是我打工该去国会图书馆的日子。

于是第二天，我在工作用的活页簿里夹进这次欲查资料的笔记，前往东京。走上地铁永田町车站的台阶时刚过上午十一点。

办好手续进入图书馆，前往放战前图书卡的那一区，也就是正式名称为"帝国图书馆和汉书书名目录"的地方。听起来真是郑重其事。

在那里，我要找的是正宗白鸟[24]的书。我拉开标有"Ishinsen"的那一格，首先看到的是《维新战役实录谈》（I-shin-sen-eki-jitsu-roku-dan）。我逐一翻阅卡片。找到了。《泉之畔》（Izumi-no-hotori）这行粗体字映入眼帘，我很高兴。

接着去柜台排队，和几本工作用的书一起办妥申请。

暂时闲着没事，我正想走出天花板高耸的大厅时吓了一跳，因为我和从外面走进来的天城小姐撞个正着。

---

(24) 正宗白鸟（1879—1962），小说家、剧作家、评论家、自然主义作家。

"啊！"

情急之下冒出来的，果然是感叹词。天城小姐今天穿着黑白圆点的衬衫。她稍稍举起手说："你出现得正好。"

我正在纳闷之际，她接着下一句是"要不要吃午餐"。原来是这回事啊，我恍然大悟。可是，其实并不只是如此。说得严重点，关系我一生的大事正在等着我。我们边走边闲聊。

"今天来查资料吗？"

"对呀。我在处理明治时期的书，结果冒出很多看不懂的地方。都是作家的名字啦。"大概是与她编辑的单行本有关吧。

"是没什么名气的作家吗？"

"应该说，是外国作家。那是明治时代的译法，所以首先日式英文的发音就不标准。"

"啊，原来如此。"

我们上楼去咖啡店。

"比方说'大记'就有点厉害吧。'大记氏'。"

我脱口而出："《八犬传》(25)中就有个坏蛋叫作马加大记。"

天城小姐听了，脑袋一歪，"是被犬坂毛野杀死的家伙吗？"

---

(25)《南总里见八犬传》的简称。

　　　　　　　　　　　　　六之宫公主

"就是他，就是他。"

"唉，那边的大记先生姑且不论，我这边的'大记（Dai-ki）先生'，搞了半天，原来是'大工（Dai-ku）先生'。"

"木匠先生(26)？"

天城小姐扑哧一笑，"是名字叫作'大工（Daiku）'。"

我马上想到的是影片《欢乐满人间》中的演员迪克·范·戴克。我对主演的朱莉·安德鲁斯倒是没什么印象。只记得当时幼小心灵唯一的感想，就是迪克·范·戴克出现大闹的场面，有种令人无可奈何的悲哀。

"那样还算是好的。还有很多像猜谜一样的记号，如果不是查《当代作者事典》（Contemporary Author），根本猜不出来。"

《当代作者事典》也算是那方面的基础工具书吧，但只要一看横文字，我就只能举手投降。要把横的变成直行，会很麻烦。

我们走进咖啡店。我吃咖喱饭，天城小姐要了一份三明治和冰可可。收银台的大婶打到一半忽然停指，问天城小姐："你要的是冰咖啡吗？"

"不，是冰可可。"

---

(26) "大工"在日文中为"木匠"之意。

伤脑筋，她打错了。天城小姐嫣然一笑，说"那就冰咖啡吧"。大婶连声说着"哎呀，抱歉，不好意思哦"，把餐券交给我们。

等我们坐下后，收银台那位大婶又立刻追过来，放下开水收走餐券。店内人不算多。

天城小姐正面直视着我："我问你哦。"

"是。"

"你已经找好工作了吗？"

我吃了一惊。

"还没……虽然我也知道已经七月了，不能再悠哉下去。"有些同学都已被企业内定了。

"你想不想来我们出版社？"

我更、更、更吃惊了。打从以前，我就有模糊的念头想找份跟书有关的工作。亲眼看到天城小姐的工作表现后，这个念头变得更加明确。但是，出版社很少招募员工，是道窄门。虽然她这句话对我来说是个求之不得的佳音，但是由于太惊讶，我一时之间无法回话。

天城小姐说："明年，我们社里要增聘一个新人。昨天开会时提到你，结论是'如果你有这个意愿，不妨请你来试试'。"

"这是我的荣幸。"

天城小姐砰地轻拍桌子，莞尔一笑。是我的说辞太好笑了吗？

　　　　　　　　　　　　六之宫公主

"看来你很有这个意愿。"

"是。"

"不过，我想你可能也得跟父母商量一下，所以明天或后天再给我一个正式答复就行了。"

"是。"

我紧张得只会说同样的话，往喉咙里猛灌水。

"如果即将毕业的学生来打工，不管怎么说是一定得谈到这种事的。"

"不管怎么说？"

"不管要不要增聘新人。"

"即便不增聘的时候，也是吗？"

"对。大四生来打工，心里毕竟还是会有点期待吧？"

没错。在我心里，多少也暗怀着一点会不会邀我入社的期盼。这下子好像被人看穿心事，令我有点不好意思。

"所以喽，即便当时没有雇用新人的计划，也得跟人家说清楚，否则对方就太可怜了，会耽误到他的求职不是吗？要真是这样就糟了。毕竟，即便像我们这种小公司，正式招募时也会有两百人来竞争那一两个名额呢。"

我再次认识到当前的就业激战，不禁很紧张。

吃着送来的咖喱饭，我暗忖，自己明年真的会以三崎书房员工的身份来这里光顾吗？

第三章

1

一放暑假，小正立刻从神奈川开车杀过来。她考取驾照了。埼玉县不是她的目的地。她打算在我家住一晚，然后继续往北走。

大二时我们曾搭新干线，从平泉、花卷前往藏王，但这次她说"开那么远太累了"。"不然要去哪里？"我问。"由你决定。"不会开车的我只好把旅游指南翻得烂熟，拟定行程。我们计划走书上推荐最适合开车兜风的磐梯吾妻Sky Line这条路线，在里磐梯湖畔的欧风民宿住一晚。

早上老是赖床睡过头的小正，在这种日子也乖乖起床，八点过后就开上东北道，进入高速公路匝道时，也开得稳稳当当。这大概是运动神经发达与否的问题吧。

"不要开太快好吗？别忘了你是新手上路。"

"这样也算快吗？"

咻——！

"真是的。简直是'追求高原凉风之旅'了。在这种地方，不用急着追求凉快吧。"

"那是你自己认知错误。"

"啥？"

"这叫作'同归于尽之旅'好吗？"

开车出游，而且只有两人成行的远游，这还是头一遭。

之前还有另一个死党江美，我们三人经常结伴出游，但她的身份已从出生以来的庄司江美变成吉村江美了。换言之，她在学期中间结婚了。她老公已经毕业，前往北九州市工作，江美则留在这边继续上学。

这位太太一有长假就急忙启程南下。今年春假我和小正也紧追在后，前往北九州旅行，明知麻烦人家，还是硬赖着住了两晚。

当然，观察人家小夫妻的新婚生活，也算是此行主要目的之一。也许是因为他们结婚虽已超过一年但至今多半分居两地，看起来小两口之间还很青涩。等她老公出门后，我在厨房郑重地问她婚后感想，她一边用掌心摩挲着夫妻一对的杯子，感慨万千地对我说："很棒哦，你一定要结一次婚试试看。"

颇有江美作风的是住宿费。"你们千万别买什么礼物来哦，不过交换条件是——"她倒是先发制人。

她所谓的条件是什么呢？在她家过夜那两晚的餐点，由我与小正轮流当主厨和助手打理。菜单会以电话通知，材料由江美事先买齐。既然要轮流当主厨，我们两人自然也燃起竞争意识卖力演出，而且过程还挺好玩的。她老公也因为是客人掌厨，早早下班回来，对这种偶一为之的变化好像也挺乐在其中。至于江美这位大小姐，她连饭后洗碗都没插手，就像公主殿下一样悠然自得。

　　这是看似温婉、其实很懂得人情世故的江美才开得了口的住宿费。

　　"现在回想起来，江美当初考取驾照，说不定也是打算当成陪嫁品呢。"

　　"陪嫁吗？这个说辞很老派啊。"

　　"但是，实际上，不管是要买菜，还是接送小孩去托儿所，开车绝对比较方便吧。"由于非假日，往北的道路还算空旷。

　　"九州现在一定很热吧。"

　　"南方很热啊，呵、呵、呵。"

　　"你这是嫉妒、眼红、酸葡萄心理。"

　　在这之后，我还得继续三崎书房的工作，况且也得尽快拟定毕业论文大纲。悠哉的日子，恐怕将在这次"旅行"后告终。

　　　　　　　　　　　　　　　　六之宫公主

2

"馆林！"

"栃木。"

"宇都宫……"

读着逐一逼近旋即被抛到后头的地名，我渐渐神志不清。

"不准睡，你想死啊！"

小正的左手，啪地狠狠朝我牛仔裤的膝头打下。

"很痛啊。大腿一定红了。"

"这才是真正的打人宫[27]。"

"原来你想说冷笑话啊？"

"开什么玩笑，总比死掉好吧？你如果在旁边睡着了，连我也会跟着想睡。"

"那可就糟糕了。"

"所以，你就随便讲点什么嘛。像一千零一夜那样。如果睡着了，小心我砍你脑袋。"

开车兜风，等于是在密室共处好几个小时。最适合冗长的话题。于是我灵机一动，"那小女子就献丑说个宇都宫——不，《六之宫公主》的故事吧。"

"什么？"

之前虽然已经告诉过小正，我在三崎书房打工以及内定毕业后去那里上班的事。不过，我并没提过田

---

(27) 与"宇都宫"谐音。

崎老师说的事。因为之前我还没查完所有的资料。

现在，我多少可以说明了。于是，我把"传接球"的谜团告诉她。

"你记得《六之宫公主》吗？"

"噢，我好像看过。好像是讲一个贵族千金如何如何的故事。"

"虽然说对了，但这种答案拿不到分数哦。"

小正故作无辜地说："人家口拙嘛。"

但愿你耳朵灵就好。

"原典出自《今昔物语》十九卷第五篇。和芥川写的故事，到中间为止几乎完全一样。六之宫，在这里是指地名(28)。那里住着被时代淘汰的贵族。他们也不与人来往，应该说是没钱与人交际应酬。换言之，很贫穷，房子也很破旧。在那里就住着一位像我一样很可爱很可爱的千金小姐哦。"

"妈呀，说得我都醒了。"

"这位贵族千金是个绝色美女，可是由于家庭背景，所以不为世间所知。变成道地的温室花朵，也没有男人来追求。"

"这点倒是跟你很像。"

我假装没听到。

"这家人没有可以依靠的亲戚。就在这样的情况

---

(28) 实际地点不详。

　　　　　　　　　　　六之宫公主

下，忧心独生女前途的父母相继过世了。千金小姐虽然悲痛不已，却也无可奈何。她的奶妈是个坏女人，把家中值钱的东西都偷偷拿出去卖掉。这是个悲剧。在芥川的版本中，奶妈变成忠仆。可是，既然这是个身世坎坷飘零无助的千金小姐，我觉得奶妈还是扮演反派比较好。于是千金小姐前途茫茫，孤单无援。那个奶妈逼她去伺候某个男人，小姐虽然哭哭啼啼抵死不从，但是事情已背着她安排妥当，让对方定期上门来找她。"

"这是常见的模式。"

"嗯，奶妈受男人之托居中牵线撮合，这是常有的事。幸好我家没有奶妈。"

"如果有的话，搞不好你也会被卖掉，这时候说不定已经在拍卖场上待价而沽了。"

"撇开我不说。这位贵族千金，就算沦落至此也不足为奇。若真变成那样，那就只是个残酷的故事罢了。但是包养她的是个好男人，而且真心爱她。如此一来，这个故事又变成另一种常见的贵公子拯救灰姑娘的模式。"

"白马王子出现了。"

"对对对。可惜，故事并没有到此圆满结束。这时男人的父亲当上陆奥(29)太守必须前往当地赴任，

---

(29) 日本旧地名，相当于现在的青森县。

男人也得一同前往。他留下一句'你要相信我，等我回来'就启程了。可是，经过种种波折后，男人在那边也娶了妻子，转眼过了七八年。等他回到京都前往女子家中一看，只见断垣残壁。贵族千金早已不知去向。男人大受打击，在京都四处搜寻。"

"嗯……"

"到了黄昏，开始下起雨。他想在朱雀门旁的建筑物先躲一下雨，进去一看只见里面有两名衣衫褴褛的女子，其中之一是个老尼姑。在芥川的版本中此人是忠心耿耿的奶妈，设定她一直跟随小姐。但在原典中，其实只是不相干的尼姑凑巧在场。小姐孑然一身，我觉得原典的设定比较好。"

"的确。"

"另一名年轻女子，裹着罩在牛身上那种破布躺卧在地。虽然是个女乞丐，却有种迷人的气韵。男人一走近便觉身上蹿过一阵电流。'啊，这个女人是——'这时，女子用可爱的声音喃喃发话了：'昔日手枕隙风犹畏寒，如今怎堪世路冷暖已惯。'这首诗《拾遗和歌集》也有收录。我刚才念的就是收录在那当中的版本。我还为了那首诗，特地买下这次岩波出版的《拾遗和歌集》呢，花了我三千六百大洋。你说这可怎么得了！"

"关我什么事？"

"这首诗该怎么解释呢？把'手枕'视为与男人

55

同床共枕，应该还是最妥帖的吧。如此一来，就可解释为'与你同卧的爱榻'。"

小正猛然抖动肩膀："拜托别用那么恶心的声音说话。"

"有什么关系。总之，如果对照这个故事的场景，意思应该是'昔日在床上，枕着你的手臂入睡时，我有良人可依靠。就连从你结实的手臂间透过的细微气流，都会令娇弱无力的我冷得发抖。可是现在，让我依靠的手臂已经消失了。而严酷的寒冷，如同冰网，将我紧紧捆绑。虽然早有隐约的预感，但我连做梦也没想到竟会落得如此的侮辱与痛苦。然而可悲的是，我竟连这样的生活也已习惯了。甚至有时，连这样的习惯有多可悲都已遗忘。啊，人沦落到这种地步，还是得活下去……'"

"虽然感情过剩，但也让我充分体认到你果然不愧是文学院的学生。"

小正边说边超过一辆黄色车牌的轻型小汽车。

"于是男人心想'这果然是我苦寻不着的伊人'。立刻紧紧抱住小姐。虽然对方的外表改变了，但是听到声音时，还是可以直觉地认出这是某某人。比方说暌违三四年后重逢，那人已换了发型，或是戴上眼镜。"

"啊，的确有那种情形。"

"所以，这个男人想必也是听到那虽已变得屡弱，

56

却一如往昔的声音，才猛然想起过去的吧。男人的突然出现，把小姐吓晕了。不知是羞，是喜，抑或含怨不甘，总之对她那脆弱的心灵而言，这突如其来的重逢效果太强烈了。结果小姐就这么死了，男人也看破红尘出家为僧。原作到此结束。"

"这种人太随便了吧。那他在乡下娶的老婆怎么办？"

"这倒也是。"

"那么，芥川版的《六之宫公主》有哪里不同？"

"以芥川的作风，当然是添加了机巧的描写，字字珠玑。不过，他真正想写的是接下来的部分。得知小姐已回天乏术，芥川版的忠心奶妈连忙跑去找附近的乞丐法师求助。请他替濒死的小姐诵经。可是法师却对小姐这么说：'归天不能借助他人。你必须自己毫不懈怠地诵念阿弥陀佛之名。'"

车越过了鬼怒川。石块垒垒的河滩，蜿蜒直到远方。

"然后呢？"

小正急着听下文。这部分我反复看过多次，早已牢记在脑海中。

"结果小姐听了，果真用孱弱的声音勉强开始念诵佛名。可是，她没能持续太久。'咦，那边有起火的车。'她说道。虽然在法师的叱责下，她总算说出：'我看到金色莲花。'但那也只是短暂瞬间，旋即又说：'莲花已经不见。在一片漆黑中，只有风吹个不停。'就这样，即便法师督促她'必须一心念佛'，但她只是不断发出呓语：'我什么都……什么都看不见。黑暗中唯有风，唯有冷风吹个不停。'最后就这么香消玉殒。"

"彻底地没救啊。这正是现代文学的风格。"

"嗯。然后，作者就撇下她不提了。故事结尾是几天后，某武士趁着月色走在大路上，忽然听见有女子在幽幽地叹气。他不假思索地握住佩刀，这时那位法师说：'那是不知天堂也不知地狱、懦弱女子的幽魂。请替她念佛。'"

"嗯……这么一说明，倒是个浅显易懂的故事。"

"嗯。不管怎么想，显然都像是在说自己。"

3

"文章最后的结局是，武士一看法师，'这不是内记上人吗？'说着连忙跪倒在地。'出家前的俗名为庆滋保胤[30]，世称内记上人，乃因其在空也上人[31]的

---

(30) 庆滋保胤（933—1002），平安中期的文人，官至大内记，后来出家。内记是负责记录宫中事件的职称，上人乃高僧之称。
(31) 空也上人（903—972），平安中期的僧人，天台宗空也派的始祖。

弟子当中，是首屈一指的高僧。'故事就这样结束。"

"用配角的身份说明来做结尾。听起来好像有点牵强。"

"起先我也这么觉得。所以，我以为作者是故意如此安排。这个部分，可能是芥川说完故事后，带有阴翳的无表情手法。"

"这个说法好。应该是认为，已经没必要再多说什么，所以才没有表情的吧。"

"嗯。芥川不是很喜欢梅里美吗？梅里美的小说结尾，就有这种干涩的美感。"

"这个我倒没概念。"

"总之我本来是这么猜想啦。可惜，我错了。光看芥川的《六之宫公主》可能不会明白，其实'庆滋保胤'，在这里出现是有其必然性的。"

"哇，臭家伙！"

她既不是骂保胤，也不是骂我。小正轻踩刹车，然后加速。

"怎么回事？"

"是前面那辆车啦！要拐进停车场也不打方向灯，突然就减速转弯。真是该死的浑蛋！要是后面紧贴着车，看他怎么办！"

小正怒气冲天。她这股气虽然生得有理，但我还是继续说我的。

"我家现有的芥川作品，首先是春阳堂出版的

　　　　　　　　　六之宫公主

《芥川龙之介全集》。这个版本从小说评论到日记书信，全部收录成两册，很方便。用纸是字典用的那种薄纸，一本书厚达一千多页。"

小正用依旧充满怒气的声音说："那可以列入吉尼斯世界纪录了！"

"对。毕竟，这个版本的《托尔斯泰全集》竟把《战争与和平》这本长篇巨作全部收录成一本。在'芥川'的第二卷中负责解说的吉田精一(32)写的《芥川龙之介》，更是整本全部附录在后。很猛吧？我之所以能轻松得知《六之宫公主》出自第几卷的第几篇，就是这本《芥川龙之介》告诉我的。我总不可能一篇一篇慢慢查阅《今昔物语》吧。"

"说的也是。"

"吉田精一说，象征地狱使者的'起火的车'和象征极乐世界的'金色莲花'也有典故，出自《今昔物语》第十五卷第四十七篇。这个好像也是正确的。因为那个故事讲的就是临终时，起初只看到火烧车的恶人，最后安然念着佛号魂归西天。如此说来，芥川算是很会利用剪刀与糨糊哩。"

我边说边窃笑，小正当然无法体会。

"是啊。"

"既然把《今昔物语》引用得那么彻底，我倒希

---

(32) 吉田精一（1908—1984），国文学者，替日本近代文学研究树立了崭新的实证主义方法。

望他能再多说一些。问题是，在文学全集读到的'芥川'，就我个人而言，我看的是文艺春秋的《现代日本文学馆》这个版本。前面有作家的传记，最后还附有解说，是一套很精致的全集。春阳堂版虽然携带方便，可是内容塞得满满的，又没有添上注释。而文艺春秋版是普通大小的全集，所以有注释。"

"结果，你到底想说什么？"

"我想说的是注释。我把那套《现代日本文学馆》找出来确认过。关于'内记上人，庆滋保胤'，书中注释这个典故出自《宇治拾遗物语》[33]，是《池亭记》[34]的作者。可是如果是现在的我，一定会再多补充一点。"

"你可真会卖关子。"

"对，其实注释应该先写一件事。'庆滋保胤'，在《今昔物语》第十九卷第三篇就已经提到。"

"慢着。《六之宫公主》呢？"

"在第十九卷第五篇。二者属于同一卷，而且中间只隔了一篇。几乎等于并列。"

"哦？"

"如果芥川只是把《六之宫公主》这个故事当成

---

[33] 镰仓时代初期的故事集，编者不详，约在1213—1221年间完成。内容包罗贵族、佛教、民间故事，佛教色彩浓厚。

[34] 庆滋保胤于982年在自宅记述心情的汉文随笔集。

六之宫公主

一则'物哀'(35)的故事书写，就不会有保胤的出场。那么芥川当初到底是抱着什么心态写这个故事呢？他写的应该是一个人不具备足以一心一意依靠的心灵寄托，不，是无法具备的悲剧，是一个人无法朝着自己信仰的目标勇往直前的悲哀吧。若是如此，就能充分理解他为何在此安排一个保胤出场了。"

"照你这么说，在《今昔物语》同一卷出现的保胤，被描述成什么样的人物，就成为问题所在了。"

"对。在芥川的故事里保胤虽然看似大彻大悟，在《今昔物语》中却非如此，他是一个一心求佛乃至引人失笑的人物，甚至可说是个疯子。书中描述了他种种逸脱常轨的奇行。"

"原来如此。芥川当然早就知道这点。"

"没错。正因如此，芥川才会搬出保胤，让他来扮演这个叱责贵族千金的角色。虽然赋予同样的名字，但自己作品中的女主角和《今昔物语》里的《六之宫公主》可是不同的女人啊，换言之，她算是——"

"'反保胤'吗？"

"正是如此。不过，被他抓来出场的保胤，如果按照原作中的滑稽性情会破坏故事，所以芥川让他心如止水地登场。并且在故事里以'贯彻吾道者'的意

————————
(35) 日本平安时代宫廷文学的重要美学概念之一。

味加上那句'首屈一指的高僧'。"

"这样读者哪会看得懂啊。"

"嗯。不过，写法倒是十二万分地清楚明白，也可以说是一厢情愿地认定。就好像如果有人说'最近，我好像陷入哈姆雷特的困境'，你就会反射性地想到：'啊，这人正在迟疑不知如何抉择'的道理是一样的。把《今昔物语》第十九卷视为原作的芥川脑中，有着'庆滋保胤'就等于'毫不迟疑地朝自己的道路勇往直前的人'这个明确的印象。"

4

我们在那须高原的休息站停车。离山越来越近，风景也变了。

一路开来很顺畅，但开进这种地方才被车的数量之多给吓到。如果从上方鸟瞰，想必像是火柴盒小汽车的大型专卖店吧。

现在吃午餐，还嫌有点早。一出车外，毒辣的日光刺痛肌肤。我俩都穿着牛仔裤和棉衫，我穿的是低调的白底水蓝色粗横条。在这种大太阳底下，看起来很傻气。小正穿的则是花到不能再花的印花衬衫，倒是和阳光很搭调。

换言之，很热。

我们踩着墨黑的影子走路。拥挤杂沓的步道中央有个小孩哇哇大哭，妈妈正在怒吼着什么。小正一边走路，一边发现如果车乱停在不是停车格的地方，就会举起拳头勃然大怒。看来还是赶紧去阴凉的地方为妙。

"拜托你不要老朝我挥拳好吗？"

"顺手嘛。"

走进建筑物，我去服务处要了一份免费的高速公路地图摊开，车已经跑了大约一百五十公里。真是辛苦她了。我在贩卖部买冰激凌，小正去找自动贩卖机的罐装牛奶。实不相瞒，她是罐装牛奶的忠实主顾。

顶着电棒卷卷头的大哥和短裤女生的二人组正好起身离开。我们并排坐下。

"我们之前说好要开去哪里来着？"

"福岛西的出入口，大约还有一百公里。"

"哇。"

"一个小时再多一点就到了。"

"你说得倒是轻松。事已至此也没办法了，我只好舍命陪君子。就让你把你调查到的资料全部报告出来吧。"

"啊，真的吗？其实我连笔记都带来了。"

小正扑哧一笑，把冒水珠的牛奶罐轻轻贴在额上，"瞧你开心的。"

"你嫌烦？"

小正像要摩擦小罐子似的轻轻摇头，然后仰起脸。她的额头有点湿。

"没有。还挺有意思的。"

我回到车上打开后车厢，取出钻绿色的活页簿。关于《六之宫公主》的笔记和复印资料都在这里面。我本来打算在旅途中如果忽然想到什么可以随手写下才带来的。我拿着那个坐进副驾驶座。

才停这么一会儿工夫，车已经像放在大瓦斯炉上烘烤，热得不得了。

5

一开进高速公路，小正就主动问起："对了，你说田崎老师听到的那句话是'那是撞球，不，应该说是传接球'是吧？"

"嗯。"

"这话确定吗？当然，他既然这么说应该是不会错啦，但是比方说，传接球这个外来语当时就已经有了吗？"

"是的，阁下这个问题问得很好。田崎老师遇见芥川，想必应是在大正末期或昭和初期。相较之下，撞球的历史更早。当然说到规则如何变迁之类的细节

65

我并不清楚。岩野泡鸣[36]的短篇杰作《少爷》就是始自撞球的那一幕，这篇小说写于大正二年（1913）。而棒球据说是始自明治六年（1873），由美国老师率先教导学生。"

"噢。日本人可真是热爱新玩意儿。"

"是啊。撇开大正不说，棒球到了明治年间已蔚为风潮。早庆对抗赛[37]应该就像现在的日本职棒联盟赛一样热闹吧。再说到'catch ball'这个名词，根据小学馆出版的《日本国语大辞典》，这是个日式英语。在欧美那边好像只叫作'catch'。另外还有类似的例子，《日本国语大辞典》举出的例子之一是片冈铁兵[38]。查阅过作品后，他是这样写的。"我念出笔记资料，"我把手上的气球朝服务生扔去。'不好意思。'服务生用恰奇·玻欧鲁的随意手势试图接住。"

"小说里'ball'这个字没有发长音写成'玻一鲁'。是用片假名拼音写成'玻、欧、鲁'。很有那个时代的韵味，相当不错吧。这篇小说刊载于大正十五年的《改造》杂志。"

"你查的范围可真广。"

"厉害吧。"

---

[36] 岩野泡鸣（1873—1920），小说家、评论家、诗人。

[37] 早稻田大学与庆应大学的校际对抗赛。

[38] 片冈铁兵（1894—1944），从新感觉派转为普罗大众文学，之后又改写通俗小说的《纲上的少女》。

"那么,《六之宫公主》和那个名词又有什么关联?"

"嗯……说到这个就有点困难了,既然说是像'撞球',我打算搜寻相关作品。提到'莲花'和'往生',首先会想到的就是芥川写的《往生绘卷》。那是叙述五位[39]僧人,一边喊着'阿弥陀佛哟,喂,喂'一边不停走路的故事。"

"啊,我记得那个故事。"

"看吧。只要读过一次,一定会对那个故事留下印象。可是芥川文学全集中通常不会收录这个故事,对吧?初中和高中时的我一直百思不解,为何会遗漏这个故事呢?"

原本杀人不眨眼的五位僧人,听说不管是哪种恶人,只要皈依阿弥陀佛便可前往西天净土,于是"全身的血液仿佛瞬间熊熊燃烧,突然开始一心向往阿弥陀佛"。他连呼佛号,不断往西前进。当他抵达海边后,爬上松树,不断高呼"阿弥陀佛哟,喂,喂"。最后饿死时,口中"开出雪白的莲花"。

"这次,我又把这篇作品重读了一遍,文中插入和故事主题不相干台词的笔法,简直就像黄表纸[40]。比方说正在钓鱼的男子,对于路过的旅行女子长相冒出一句'真想瞧上一眼'。给人的感觉很像是写在画

---

(39) 五位是日本古代的官阶排列顺序。

(40) 江户后期的读物之一,以戏谑讽刺为特色的绘本。

面角落的旁白。虽然令人会心一笑，但因态度过于轻松，感觉上有点轻浮。大概就是这点让人看轻了吧。不过，这本来就不是能够通篇严肃到底的故事，所以我认为这样的安排正好。"

"嗯……"

"不过，当我查阅原典出处才发现注释写了这么一段话。我家有的是岩波出版的《日本古典文学大系》，上面写着'令听众读者如雷贯耳'，被许多书'不断转述流传'。原来是我自己才疏学浅，其实这是个非常有名的故事。看《往生绘卷》时的感动，果然不是针对写法的巧妙。那是针对题材本身，针对呼唤'阿弥陀佛哟，喂，喂'的这种姿态。如此说来，读者若是本就知道出处典故，或许就那个意味而言也要打个折扣看待。"

"原典同样出自《今昔物语》？"

"嗯。同样出自《今昔物语》，同样是第十九卷，其中的第十四篇。而且，这才有意思。写的是'有深川亦不从浅处过河，有高峰亦不绕道而行，颠簸难行仍勇往直前，目不斜视，绝不回头'。到了海边他高喊'阿弥陀佛哟，喂，喂。汝在何处'。接下来才厉害呢。'大叫之后，忽闻海中隐约有声曰，在此处。'"

"哇。让人浑身发麻。"

"对吧，对吧。"

"那么莲花呢？"

"和芥川的版本一样，死在树上的五位僧人口中开出鲜丽的莲花。关于这个莲花，还有个好玩的故事。来源同样是吉田精一的《芥川龙之介》，关于《往生绘卷》，吉田引用了正宗白鸟的一段话：'从尸骸口中开出白莲，应是为了让小说结尾更有趣才临时起意的神来一笔。在真实的人生中，笃信阿弥陀佛的五位僧人的尸骸，恐怕早已发出恶臭成为乌鸦的饵食了吧。'"

"言之有理欸。"

"嗯。白鸟还不罢休，甚至又进一步写道：芥川并不是真的相信才写出这个莲花，'可能只是基于艺术层面上的游戏心态才添上一笔的'。看到这句话应该会有点难以释怀吧，会很想知道白鸟是基于什么理由说出这种话的。原文出自《论芥川龙之介的艺术》。我心想非查一下这个资料不可，凑巧在吉祥寺的旧书店找到了昭和十七年创元社出版的正宗白鸟写的《作家论（二）》。虽然很破旧，但相对来说价钱也格外便宜。"

"算你运气好。"

"这是有缘。话说，其中有《芥川龙之介》这篇文章。标题虽然不同，但内容说不定一样。我抱着这个念头一查之下，果然一样，只是——"

"只是什么？"

"引文之外的部分更戏剧化。白鸟是这么写的。

69

我念给你听啊。'和孤独地狱对照之下，撇开艺术方面的巧拙不谈，我认为作者的心境很有意思。想到在孤独地狱饱受折磨的人，全身血液沸腾地追随阿弥陀佛，眼前就会出现我最感亲近的人。''我在这篇小品问世的当时，就把读后感写在投稿某杂志的杂文中。'于是，这里就出现了前面那种'芥川应该不相信口中开出莲花吧，那应该是随兴的游戏之笔'的看法。结果，'芥川先生看到我这番评论后，写了一封信给我，陈述他自己的感想'。"

车越过白河⁽⁴¹⁾。

"这下子成了莲花问答。"小正说。

我继续念出白鸟的说辞：

"'我接到先生的书信，这是第一次也是最后一次，但观之笔迹俊逸，内容又似乎颇有价值，令我深受吸引，因此这封信，我决定违反常例保存起来。现在因不在我手边，所以无法直接引用，但先生言下之意似乎认为可从白莲得到希望。'"

小正点点头："人家当然不可能写信来说'阁下批评得很对，那的确只是我的游戏之作。'"

我也点点头："问题是，白鸟不服气。他硬是不肯说声'啊！这样吗？'就算了。"

"那他怎么说？"

---

(41) 福岛县南部都市。

70　　田 S

"白鸟说了：'我不这么认为。'"

小正面露喜色："这家伙好酷。"

"人家作者自己都已经说了'我就是这个用意'。白鸟却充耳不闻。我忍不住边看边想：这跟某人好像啊。"

"你说的某人是谁？"小正的手伸过来。

"不可以单手开车啊。"

6

"所以，到了这个地步，当然会很想看一下白鸟写的'读后感'，和芥川寄给他的那封'信'。"

"那倒是。"

"不管怎样，我先用我家的那套春阳堂版全集，查阅芥川的书信。《往生绘卷》是大正十年四月发表的，所以我先查那一年的记录，可是并没有找到芥川写给白鸟的信。大正十一年也没有。"

"那么信或许已经不存在了吧。白鸟不是也说那封信'现在不在手边'。"

"这点有可能。不过，还有别的可能。"

"这话怎么说？"

"'读后感'刊在杂志上时，芥川或许没有看到。之后汇整成书出版时，他才读到。若是如此，寄信应该就是更后面的事了。"

"啊,对哦。"

"最快的方法,就是查书信的索引,但春阳堂版没有附这个。我去邻市的图书馆找,发现昭和四十六年筑摩书房出版的《芥川龙之介全集》。这全套书八卷倒是有书简索引。我战战兢兢地一查,确实有一封寄给正宗白鸟的信,书简编号是一〇九五。这个,正是我要找的。资料上记载着是大正十四年二月十二日寄出。这封信很有趣,但是内容我待会儿再说。首先,我想了解的是引发疑问的白鸟'读后感'。芥川是这么说的:'也拜读了泉之畔中《往生绘卷》的评论。'注释说明《泉之畔》乃'正宗白鸟的随笔,刊于《改造》一月号'。乍看之下,好像正如这条注释所言,'读后感'是写在刊于《改造》的《泉之畔》这篇随笔中,但若真是如此就奇怪了。"

"怎么说?"

"白鸟说他在《往生绘卷》发表后,立刻就写了感想。芥川在信中说'连刊登在国粹之流的小品文也承蒙过目实感荣幸'。正如他所言,《往生绘卷》是大正十年四月发表在《国粹》这本杂志上。不确定是在哪一年,但总之是'立刻写下的感想',刊登在《改造》的一月号未免奇怪。就算是翌年,四月写的东西一月才发表这也未免太迟了。若说芥川对此的答复,是又过了数年后才写成的,也很奇怪。"

"说的也是。"

"这个矛盾该怎么解决呢？你说说看，该怎么推理？"

"不知道啊。要边开车边想的话。"

"你可真会找借口。"

"这样无法集中精神嘛。"

"我能想到的只有一个解释。芥川说'泉之畔中'。而《改造》一月号的随笔《泉之畔》不可能写有'读后感'。如此一来，芥川说的'泉之畔'和随笔的《泉之畔》根本是两码事嘛。"

"你说什么？"

我又重复一次。小正在脑中反刍我这番话，最后方说："啊，我懂了。芥川读的是收录了'随笔《泉之畔》'的《泉之畔》这本书'。用其中一篇文章当书名，是很自然的事。其中，收录了更早之前写的《往生绘卷》'读后感'。"

"答对了。"

"这也太复杂了吧。"

"可是，也只有这个可能吧。所以我又跑去国会图书馆，查阅帝国图书馆藏书目录。"

"事情越搞越大了啊。"

"结果，果真找到《泉之畔》这本书。是在大正十三年一月十五日出版，新潮社《感想小品丛书二》。其中虽也有书名作《泉之畔》这篇文章，但这篇的内容与芥川无关。我心跳急促地翻页，果真找到了。有提到《往生绘卷》的，是书中的《某日感想》这一篇。在文章最后，注记（一〇·四·二八）。白鸟果然是看到大正十年四月发表的《往生绘卷》后，就立刻写了稿子。"

"是同一个月写的呢。"

"对。而且立刻寄给杂志社。这样的话，就完全吻合了。芥川没看那本杂志。所以，信是迟至单行本出版后才寄的。"

"被你猜中了。"

"对。不过，如此一来，寄信日期如果不是'大正十三年二月十二日'就奇怪了。"

"啥？"

"单行本《泉之畔》出版，正如我刚才说过的，是在'大正十三年一月'。可是筑摩版的全集中，'信'却是'大正十四年二月'寄的。明明应该是一看完'书'就立刻写的信，却过了整整一年才寄，这未免太奇怪了。"

"说的也是。"

"正当我还在苦思这个问题之际，就已到闭馆时间。"

"况且你还得打工。"

"那当然。我是利用中间的空当想的。好了，回到家一看，春阳堂版也是同样的日期。我越发怀疑是不是分类有误。这封信是以'您好，拜读了您在《文艺春秋》的评论'开头。筑摩版的注释说明'评论'指的是'正宗白鸟对芥川的作品《一块土》的赞赏之词'。若是这样那就得查阅《正宗白鸟全集》了。我正好那阵子都没机会去国会图书馆，所以只好就近去邻市的图书馆。结果很幸运的是，我发现馆内的不开放式书库藏有福武书店出版的版本。全套三十卷。我想查阅其中的随笔评论部分。向柜台的工作人员一问，二位工作人员立刻从里面替我搬来了十四本厚重的巨册。而且还替我搬到参考室，又替我搬来桌子，客气地说'来，请坐，您慢慢查阅'。"

"好亲切哦。真是理想的图书馆。"

"对呀，搞得我超感动的。我打开桌上的日光灯，试着查阅大正十三年年初的文章。白鸟在二月一日发行的《文艺春秋》写了《于乡里》这篇文章。一读，发现正是我要找的。文章最后的确对《一块土》赞不绝口，结尾写着'为了将我对这绝妙短篇的感叹向作者表达，谨草就此文寄给文艺春秋社'。说到《文艺春秋》，众所周知当时正在连载芥川备受瞩目的《侏儒的话》，所以芥川一定会看。芥川接连看了大正十三年一月十五日出版的单行本《泉之畔》和二月一日发行的《文艺春秋》，所以才起意写信给白鸟。如此说来不管怎么想那封信的日期都该是'大正十三年'二月十二日。"

"原来如此。"

"嗯。虽然这只是无聊的琐事，但想到是我自己的发现，还是有点开心。没想到，筑摩版的《芥川龙之介全集》第八卷的解说也是吉田精一写的，在文章最后，添加了一行好像是后来补充的铅字：'书简一九五（二月十二日寄给正宗白鸟）应移至大正十三年二月之处'。显然已经有人发现了错误。明知自己这种心态很卑劣，我还是有点扼腕。"

"现在出版的版本，已经改过来了吗？"

"这点你也很好奇吧。可惜，当我想再次检视芥川的作品全集时，现在市面上竟然只有筑摩的文库版。"

"不会吧？"

"是真的。而且文库版没有收录书简。接着我趁有机会去国会图书馆时，查阅岩波版的新版本，结果一九七八年六月二十二日发行的版本写的是'大正十三年'。"

"那么，岩波的新版本已经改过来了。"

"就是这样。总算是圆满结局。"

"不过，听你说起其中的迂回曲折，还真有趣。"

"我也觉得很有意思。好了，话题回到白鸟的《某日感想》。"

"你刚才说，那是写什么来着？"

"你怎么可以忘记。那是白鸟第一次在文章中提到《往生绘卷》。他是这么开始的：'《国粹》四月号刊载了芥川君的《往生绘卷》，我兴味盎然地一口气读完。这是一篇无懈可击的杰出小品。但，对于最后的法师口中开出雪白莲花这段有趣的叙述，我反复思考之后，对于这篇就艺术品而言完美无缺的作品，仍有未足之感。'"

"是噢。如此说来，白鸟的意思是肯定他的技巧。"

"在这篇文章中是，只不过是褒是贬就另当别论了。"

"那倒是。"

"然后，再看到下一段，这次我真的立刻就联想到小正你了。"

"妈呀。你没头没脑地放什么炮啊。"

"你别吵，听我说嘛。那段是这样写的：'五位僧人真的实现了心愿吗？或者该说，作者是真的这么想吗？就艺术上的神来一笔而言着实出人意表，不让这些疯狂的法师潦倒枉死，却令其尸身开出白莲，散发异香，此点甚妙。但据我多方思考后，不得不感到这段描写颇为虚无。在枯木枝头饿死，差点成为乌鸦的饵食，到此为止是真的。至于后面的发展，我认为只是艺术家为了让事件更有趣所做的小把戏。'"

小正皱起眉头聆听，等我念完后，她说："这像是我会说的话吗？"

"你明明就已经说了。"

"啊？"

"怎么，你忘啦？记得有一次，我们和江美三人聊到童话时，小正你不是批评过安徒生吗？你说《丑小鸭》最后变成白天鹅，实在是不可原谅。小正，你应该是无法忍受试图用那种形式解决问题，不，是让人误以为已经解决问题的态度吧。因为那似乎只是在试图美化现实问题。你那种想法，不是和正宗白鸟的这番话颇有共通之处？"

"噢，你说那个啊。"

小正抿嘴半晌，最后才挤出一句："一点也没错。"

"不知怎的，我忽然有种极不可思议的感受。因为我感到，人不断地在思考许多事，做许多事，但那很可能和以前的某人、或是将来我们消失后的某人，在哪里不谋而合。"

我们陷入沉默，只有车行进的声音在耳边响起。红色跑车宛如施了魔法般快速钻过超车车道扬尘而去。

小正凝视前方的双眼微微眯起，说道："就像欣赏绘画或音乐也是。那种感动，到头来其实是因为从中找到了自己吧。也许是发现小时候的自己倍感怀念；也可能是看到现在的自己；还有，未来的自己。可能是十年、二十年后的未来，也可能是几万年后的未来。对于那个终究碰触不到的自己，微微地——"小正特地强调"微"字的发音，"心有所感，或是反

78

过来对早在现世诞生很久很久之前的自己心有所感。想到这里，就会觉得人果然不能太早死。"

车终于即将开进郡山。越过左边山头的彼方，应该是静水无波的猪苗代湖。

7

在那须高原的休息站，我们买了两罐果汁。我在车上打开喝。可怕的是，新手上路的小正，也用左手抓着罐子喝。她说现在开的是直线，所以不要紧。

把空罐装进塑料袋放在脚边，我继续说："白鸟，我是说和《丑小鸭》[42]无关的正宗白鸟——简而言之，白鸟看了《往生绘卷》，大概觉得'绝对不能开什么莲花'吧。"

小正颔首。我又说："如果说无论哪种批评，到头来都是夫子自道，那也就没什么好说的了，不过这篇《某日感想》倒是完全符合这句话。其实根本不是在评论芥川。因为，从下文可以明显看出。'像五位僧人这样热诚的人很多。我一直很尊敬这种人。但是，大家都在枯木上饿死了，人类的力量几时才能打开神秘之门？你们祈求，就给你们[43]。自基督

---

(42) "白鸟"在日文中是"天鹅"之意。
(43) 出自《圣经·新约·马太福音》第七章。

以来不知有多少圣者苦口婆心地如此说过。'深入到这个问题后便已经脱离芥川的创作世界，涉及'正宗白鸟与基督教'这个大问题了，所以只能在这里打住。"

"那么，芥川写的'信'又怎么说？变成'芥川龙之介论'吗？"

"你问到重点了，就是那封'信'。对于《一块土》能够得到肯定，芥川说'这是自十年前承蒙夏目老师褒奖以来最感喜悦的一次'，表达了最大的感谢。但是'信'上几乎通篇都在谈《往生绘卷》。'那个故事根据《今昔物语》的叙述，五位僧人自枯木枝头连呼阿弥陀佛哟，于是海中也传来在此处的回答。但我认为这不知是歇斯底里的尼僧，还是非常强悍的五位僧人，想必还是没能在现世亲身拜谒佛祖（因为我认为如果不是歇斯底里，没人会在没见到佛祖的状态下在枯木枝头往生），因此唯独省略了这段。'这分明是在辩解嘛。他在拼命强调自己可没那么天真。我认为从这里就可看出芥川的作风。他无法视若无睹。受到那样的鞭笞，看了白鸟那样的批评后，他觉得不替自己说句话不行，否则他实在不甘心。"

"可是，如果按照白鸟的说法，开出白莲花，不就是芥川的回答吗？"

"嗯。接着他郑重反驳，或者该说是表明自己的立场：'但是口中的白莲花至今在后人眼中，我猜想或许仍历历可见。'"

"'我猜想或许'吗？"

"他这种迂回的说法，并不是对于自己明明斩钉截铁地断定，先假意客套一番，更不是在含蓄委婉地坚持自我主张。他纯粹就只是喜欢迂回。我认为这其实正是芥川的本质。说了半天，到最后若跟白鸟一样质疑'真的信之不疑吗？'答案会是什么呢？就连我也无法回答'应该是相信的吧'。我认为，芥川终究是看不见莲花的人。只是如果因此就说他让莲花绽放是'游戏之笔'，那倒也不见得。正因如此，他才渴切地'想要相信'。一定是这样不会错的。我认为他就像是口干舌燥的人在写水般地写出这个故事。但是，正因为他是个开不了口喊口渴的人，所以只好把故事写得这般曲折迂回。"

"是这样吗？"

"白鸟对于他'不认为'芥川相信的理由是这么写的：'芥川先生肯定是个生来便聪颖过人有学者气质的人。''虽然他对五位僧人的心境极为理解，也很同情，但他欠缺他们那种贯彻始终的意志力。'可是反过来也可以说，这个，正好也就是芥川让莲花绽放的理由。"

"嗯……"

"关于芥川对五位僧人的心态，有几种不同的看法。吉田精一在引用了前面提到的正宗白鸟后，又介

81

六之宫公主

绍了宫本显治[44]的白鸟批判论：'这种褊狭的自然主义式批评永远不可能理解作品的本质。作者深爱五位僧人。那已超越怜悯，是真心的爱。'而吉田精一对他这个说法的评论是：'不只局限于爱''想必是更值得尊敬，也想报以仰慕的心境吧'。"

"分析得可真深入啊。"

"我倒不觉得。你知道吗？说到这里先换个话题，在评论或解说时，引用前人的看法据此陈述自己的意见，是在所难免的情形。吉田精一刚才的例子也是如此，若是这种程度的引用倒是无可厚非。但是，有时那种笔触会让人看了之后心里很不舒服。当我碰上'某某人的见识浅薄，过于粗糙。我个人更高明的意见是如何如何'这种语调的评论时，就不由得心生反感。写的人或许自己意气昂扬，但那只会让读者觉得此人很卑劣。若是真正有才华的人写的，我想就算是那样，看了也会被折服吧。如果是天才，我当然没话说。但是相反的话就没救了。对于拥有自我风格的文章，有些人纯粹只是像要唱反调似的用单薄的文章去攻击。那种文章说穿了等于是靠人家好心背着你，你却还面无愧色地拽着人家头发扯后腿。有时即便书本身是好的，但是附上那种解说后，反而令人讨厌起整个全集。"

---

(44) 宫本显治（1908—2007），政治家、文艺评论家。

"我懂了，你这番发言是在打预防针。"

"没错没错。我一直很怕自己会变成那样。在这里，宫本显治的'超越怜悯'的'怜悯'，和芥川的想法应该是完全相反吧。总之，宫本先生的结论是'爱'。还有吉田精一的'尊敬'之说也令我不敢苟同。'仰慕'倒是让我觉得有点接近了。"

"是是是，小的明白了。那，你的结论呢？"

"这个嘛，我倒也没有勉强挤出什么结论，只不过，我有一个看法。那应该是'羡慕'，也是'嫉妒'吧。"

8

"家里有的日本文学全集中，我从以前就常看的是刚才提过的文艺春秋出版的《现代日本文学馆》。其中芥川作品的解说是由臼井吉见[45]负责撰写。他啊，从《义仲论》展开他所谓的'芥川龙之介传'。《义仲论》是芥川在中学五年级写的文章。芥川在该文中如此评论木曾义仲[46]：'他的确有颗狂野的心。他总是反省自己的过错。他为了不纵容自己，无论再

---

(45) 臼井吉见（1905—1987），编辑、评论家、小说家。
(46) 木曾义仲（1154—1184），又名源义仲，是平安后期信浓源氏的武将。

大的难事也不回避。'芥川把这样的义仲称为'热情的宠儿'。白井吉见接着又说:'《义仲论》当然是在评论义仲,但并不只是如此。文中还蕴藏着芥川对自己人生的热切期许。不过,如果要提早在此就端出结论,那就是芥川龙之介无法这么生活。他的人生,毋宁说,正好与义仲相反。''一刻也无法像木曾义仲这样生活的不是别人,正是芥川龙之介。'"

"你是读那个长大的,所以说不定已有先入为主的偏见了。"

"嗯。也对啦。不过看完《义仲论》后再看《某阿呆的一生》[47]这样的文章,的确心有所感。这种情形俯拾皆是,比方说我这里有复印下来的,文中的第三十五章《小丑人偶》。'他本来打算轰轰烈烈地生活,让自己随时都可死而无憾。但,他依旧得看着养父母与姨母的脸色生活。'还有,第五章的《我》。谷崎润一郎[48]在文中以'学长'的身份登场。'他和他的学长在咖啡室的桌前相向而坐,不停抽烟。他很少开口。但,他热心倾听学长说话。'今天开了半天汽车。''是去办什么事吗?'他的学长保持托腮的姿势,不当回事地随口回答:'没什么,只是想开车罢

---

(47) 芥川自杀后发现的遗稿,共五十一章,是回顾自己一生的自传小说。

(48) 谷崎润一郎(1886—1965),小说家,代表作有《细雪》《春琴抄》等。

了。’这句话把他带往未知的世界，将他自己解放于接近众神的‘自我’世界。’”

“当时，能够开半天车想必也是很不得了的事吧。”

“现在，也有个让父母出钱买车，开着到处跑的丫头。”

“旁边，还坐了一个唠唠叨叨的丫头。”

“唠唠叨叨？”

“总之，唠唠叨叨同学想说的，就是芥川在人生的最初与最后写过这样的文章。”

“嗯。说到芥川，给人的印象好像就是大正时代的作家。但《义仲论》写于他念中学的明治四十三年，《某阿呆的一生》自然是昭和二年的遗稿。一篇是写于东方天空即将染白的黎明时分，是日出时的文章。写另一篇时，太阳已经死掉了，是深夜的文章。这么一想，还真有点不忍卒读呢。”

开往磐越的岔路口已遥遥在望，旋即消失在身后。左边出现的好像是安达太良山。

“五位僧人也等于是义仲，是芥川做不了的那种人。”

“对，是大正十年的义仲。然后如果更往前追溯，头一个义仲应该是大正四年，《罗生门》那个故事里的长工吧。”

“咦，你说那个人？”

“嗯。”

六之宫公主

"我高一时念过，最后老师叫我们写读后感。我们班上有位大侠居然写道：'如果我是罗生门，应该不会爬上那种地方'。"

"啥？"

"那位老兄，在上课的时候，一直以为罗生门是那个长工的名字。"

"啊，原来如此。"

"你也在高中时上过这一课吧？"

"嗯。同样也是高一。印象中老师好像也介绍了很多关于《罗生门》的诠释，但我已经忘光了。所以我打算重新找本新的来看看，就买了小学馆出版的《群像日本作家11：芥川龙之介》。关口安义[49]的代表性导读，已将研究的方向统一汇整。以利己主义的问题为中心加以阐释，最近出现'将长工这个主角视为"大胆的行动者"（首藤基澄[50]）的论调，进而也出现了认为芥川受到芦花《谋叛论》[51]的影响，将这篇小说视为芥川"自我解放的呐喊"（关口安义）的观点'。这本书刊载了笹渊友一的《芥川龙之介〈罗

---

(49) 关口安义（1935—2022），日本近代文学研究者，芥川龙之介研究的权威。

(50) 首藤基澄（1937—　），日本近代文学专家。

(51) 德富芦花（1868—1927），小说家，《谋叛论》是1911年德富芦花针对"大逆事件"中幸德秋水等十二人遭到处刑，向政府提出抗议，要求思想与言论自由，在第一高等学校演讲时的草稿。当时就读第一高等学校的芥川应该也在场聆听。

生门〉新解》这篇文章，可以看出所谓的新看法就是出自这里。"

"怎么说？"

"在那之前我要先说明过去的一般看法。我认为引用刚才提到的臼井吉见的解说最好。臼井以正统手法从芥川提及创作动机的文章入手：他（芥川）谈到'自己打从半年前就受到触礁的恋爱问题影响，每当独处时总是意志消沉，因此在反作用下亟思创作尽量脱离现代的愉快小说'。不管动机为何，他写出来的《罗生门》，并非愉快的小说，这点看过的人都已知道。"

"这一点也没说错吧？为了活下去做什么都值得原谅，于是长工穿上老妪的衣服逃之夭夭。'外面，只有宛如黑洞的无边暗夜。长工的下落，从此无人知晓。'好灰暗，好灰暗。"

"你记得挺清楚的嘛。"

"这点程度还行啦。"

我边点头边说："那个老太婆头下脚上地朝下窥视的描写、'宛如黑洞的无边暗夜'，以及那最后一句，实在令人印象深刻。我也一直觉得这篇小说很晦暗。不过，这里提到的恋爱问题指的是芥川曾经想和某位女子结婚，可惜遭到家中反对。他终究无法坚持抗争到底。他放弃了，不，是不放弃不行。这里指的就是那件事。至于此事以何种形式投射在《罗生门》上，到某个时点为止，一般都认为是以前面提到的晦暗形式造成影响。可是，这位笹渊友一论点最刺激的地方，就是他认为芥川既然说了要写'愉快的小说'，所以笹渊首先就已断定，这是'愉快的小说'。这个说法有点惊人。'换言之芥川在《罗生门》以其分身和他者的利己主义格斗，赢得胜利。就此意味而言《罗生门》是用艺术的方法排解芥川受挫的心结，实现了精神疗法中的净化作用'。因此，所谓的'愉快'，说穿了，是一种完全不当回事的想法。非常大刺刺的。"

"噢？"

"看到这里，我立刻想起一本书。"

"什么书？"

"我在旧书店发现的，英日对照的《罗生门》。"

"你又扯出一本怪书了。"

"是葛伦·威廉·萧（Glenn William Shaw）的译本。由英文系的教授加上了详细的注释。"

"你买了？"

"嗯。花了三百日元。"

"真是辛苦你了。"

"起先，我本来也没打算要买。我没想过要涉猎那么广，可是——"

"你就别卖关子了。"

"看到最后，老实说，我真的叫了出来。'外面，只有宛如黑洞的无边暗夜'。被译成'Outside there was nothing but black cavernous night'。问题出在下一句，如果按照现在的版本，应该是'长工的下落，从此无人知晓'。英文却译成'the lackey had already braved the rain and hurried away into the streets of Kyoto to rob'。怎么会变成这样，我立刻就想通了。"

"啊，结尾不同是吧。这件事，高中上课时老师就曾说过。在确立现在的结尾之前，有过别种版本。"

"对，最早刊登在《帝国文学》时的结尾是'长工已经冒着雨，急忙赶往京都街头干强盗去了'。我在最爱旧书店的复刻本专柜，买了阿兰陀书房版的《罗生门》。那是写有'献给夏目漱石老师灵前'的芥川最早的单行本。按照这个版本，最后的结尾应是'急着去干强盗'。我想，英译本就是照这本书翻译的吧。换言之版本虽然不同，其实是按照原作忠实翻译的。只是，在注释里，这个部分竟然写着'这是译者个人的诠释，请参照序文'。我大惊之下连忙翻到'序文'一看，居然说这里是'若将日文特有的含蓄行文直接翻译，读者恐怕不解其意，因此译者自行加上合理的说明'的例子。并且表示，'撇开这个解释是好是坏、我们是否会感到那是意义有限的浅薄解释不论，站在译者的立场想必是认为如果不做这种处理，阅读起来会过于唐突令人莫名所以吧。'"

六之宫公主

"啊，因为写注释的人是英文系教授嘛。"

"没错。那不是他自己的守备范围，因此糊涂地疏忽了初版的形式是不同的。不过，我不是为了讥笑别人出糗才引用这段文字。你说，如果只知道现行的版本，一定会认为最早的形式很不自然吧。"

"也对。说到'唐突'，那种形式的确更令人感到'唐突'。就好像突然被戳了一棍，会觉得也用不着说白到那种地步吧。相较之下，'长工的下落，从此无人知晓'就干净利落多了。"

"这样的话。看到'The lackey'云云，或许也难怪注释者会认为'芥川不可能用这么露骨粗鲁的写法。这是中间转述者的小聪明'。"

"说的也是。"

"换言之，这表示，这很不像芥川的作风，等于是脱轨的一行文字。可是，《罗生门》本来就是朝着脱离平日作风这个目标全力奔走的小说。换句话说，芥川就是为了写这一句话，才写出《罗生门》。正因如此他才会说出'愉快'这个字眼吧。'《罗生门》对芥川来说是愉快的作品'看到这句话时，我想到的就是那个。过去之所以无法这么认为，我想应该是因为就算在知识上知道初版的形式，但说到《罗生门》，终究只能以现行的版本形式去看待。所以，笹渊友一令我大吃一惊。"

"那么，如此说来现行版本的《罗生门》，结果并不是'愉快'的故事喽。"

"那当然。原先的版本，才是芥川心目中的'愉快'作品。"

"可是，若真是这样，初版的《罗生门》，就成了无药可救的故事了。纯粹是自我满足。到最后，长工冒雨奔赴京都，想必就等于作者溢于纸上的丰沛情感奔向自己不得不死心的女子吧。如此说因此才会成为杰作也就算了，可惜好像不尽然。"

"我认为这点正是悲剧。刚才提到的注释也不好意思批评英译者，只说'是好是坏、我们是否会感到那是意义有限的浅薄解释姑且不论'，简而言之，并不是想强调那是坏翻译、浅薄的翻译。而我，认为这话说得一点也没错。写出这个结局时，作者想必心情激动得血液沸腾，但那并未得以普遍化。不过，更悲剧性的是——"

"是什么？"

"我认为，对于这个第一部作品集的标题作——换言之肯定是很重视的作品——芥川后来把其中年轻气盛的部分，改为比较成熟的版本。因此《罗生门》变成了截然不同的故事。只不过改动了最后一句，就再也不是'愉快'的故事了。扼杀'愉快'的正是芥川自己的'理智'。长工剥下老太婆的衣服将她踹倒在地的叙述虽然还留着，但变成这种版本之后，那纯粹已成为象征行为。说穿了，理论已胜过行为。结果，最后剩下的是理智多于感情，'芥川的小说'多于故事本身。"

"就作品而言也提升了格调。"

"并且，变得普遍化。"

"被你这么一说，果然是悲剧。"

高速公路穿过山间。必须仰视的高桥在前方出现。小正继续说："若是这样，那个长工，已经不是义仲了。他错失成为义仲的机会。"

而《罗生门》就此落幕，长工的行踪，从此无人知晓。

9

小正露出整理思绪的表情，眨了两三次眼："这样的话，撞球的说法好像也有雏形了。"

"嗯。芥川写了《义仲论》之后，其间还有许多作品。《罗生门》就是其一。另外，还可举出《地狱变》和《奉教人之死》等。"

"就'专心一意'这个观点是吧。"

"对。因此《地狱变》的良秀才会看到地狱，《奉教人之死》的'罗伦佐'也才能看到'天国'，而五位僧人的口中则开出莲花。承接这种作品风格，最后终于出现了'不知极乐也不知地狱'的六之宫公主。

这个走向，非常明晰易懂。之后，才有晚年的多样作品群。"

"你已经整理好了嘛。就理论而言应该很有说服力咯。"

我合起活页簿："可是，既然是作家，作品有一脉相承的风格是理所当然的吧。"

"那倒是。"

"'有一脉相承的风格，结果诞生的就是《六之宫公主》'，若仅是为了这样的事，值得芥川特地提及吗？"

"嗯……"

"下一个路口。"

"啊？"

"下高速公路。"

"啊，对哦。"

"福岛西。"

"我们要去什么Line是吧。"

"磐梯吾妻Sky Line。书上说'变化万千的视野、美丽壮阔的景观令人感动'哦。"

我们要找的出口标志终于出现。车离开东北高速公路。

在收费站，我们跟在一辆深巧克力色的进口轿车后头。在夏日氤氲蒸腾的日光下车体边缘灿然发光。若是真正的巧克力，现在想必已经融化了吧。

"小正，你看，副驾驶座上坐的是狗。"

驾驶进口轿车的好像是女人。旁边坐了一只体形看似修长的大狗，定定直视前方。它的脑袋从后面看来如同剪影。

"这有什么好大惊小怪的。如果握方向盘的是它，那我才要紧张咧。"

小正稳如泰山。

狗狗的剪影一直静止不动。竖直的双耳和脑袋比起来当然显得单薄，唯有那一块，在过于耀眼的夏日阳光照射下形成透明的三角形。

酷暑从数日前便已笼罩大地。有时一天得喝上两瓶冰凉的蜂蜜柠檬苏打水，也有时汗水会在衬衫下沿着胸膛滑落。但我直到那一刻，才头一次明确感到，啊！今年的夏天到了。

10

连着出现几家卖水蜜桃的店铺，过了那段路之后道路开始入山。

肚子也差不多有点饿了。放眼所见尽是山崖与树木，我开始担心早知如此是不是该先在山下填饱肚子。幸好途中有温泉区，总算找到似乎可以吃午餐的地方。停好车下车一看，眼前隐约生苔的大水槽里，有几条红点鲑正在悠游着。

店内卖的名产，好像是浸泡在丰沛清水中的自制豆腐。看来此地似有优质水源滚滚涌出。豆腐和超市卖的盒装豆腐不同，分量感十足，看起来就很美味。我点了豆腐定食，小正叫的是更高级的修行者定食。我很好奇两者有何差异，等送来一看才发现，修行者定食的托盘上多了一颗温泉蛋。

休息之后，终于要开进Sky Line。那是一条左弯右拐曲曲折折的坡道。

"原来如此，果真是'同归于尽之旅'。"

我叹服。不久我发现对向车道的车敞着车窗。我提醒小正注意。车窗倏然降下。手一伸出去，凉风拂过指间。

"啊，这样就不需要吹空调了。"

"来得正是时候。"

"什么意思？"

"爬这种坡路会对引擎造成负担，能关掉空调最好。"

快到吾妻小富士时，风景渐渐壮阔得令人目瞪口呆。前方，是一片仿佛被巨人之手从地表剥去绿皮的荒凉世界。那是超现实的景观。宛如在黄土做成的山岳模型中化为小黑点，被随手往那里一撂。

"上次去藏王的喷火口附近也是这样。难道火山附近都长不出植物吗？"

六之宫公主

"我不行了，我受不了这种景观。"

"小正你尽量看前方就对了。"

停车场就在形如擂钵倒扣的吾妻小富士眼前。从"海拔1704.6米　环境厅·福岛县"这块标示牌处，只见人潮宛如奔向砂糖的蚂蚁大军，络绎不绝地朝山顶上去又下来。其中甚至还有才念幼儿园那么大的小女孩。

我当然也想爬上去，但小正一直盯着旅游指南的地图，突然说要往反方向走。我对她这种反应早已习以为常，所以倒也不惊讶。

"为什么？"

"徒步路线的前方，据说有个湖泊叫作镰沼。"

"既然叫作镰沼，应该是沼泽吧。"

"别跟我玩文字游戏好吗？总而言之，书上说那里有湿地，还有植物环绕。我想看植物和水。"

既然是徒步路线，走起来应该不难，于是我掉以轻心地信步走去。没想到，路意外地陡峭。不知怎的，往下走的人数似乎占了压倒性多数。看来我们好像正好碰上旅游团下山。有个打扮成苦行僧的人在前头领队。

"小正，你的定食来了。"

"什么？"

我小声说："……修行者定食。"

"你这家伙真没礼貌。"

接下来，我俩议论了半天苦行僧与修行者的差异，但最后还是不甚明了。记忆底层隐约留有役行者(52)是苦行僧始祖的印象，但再往下想就一片茫然如坠五里雾中了。

走得精疲力竭说不出话时，从高处蓦然回首，吾妻小富士的巨大火山口清晰在望。环绕四周的稜在线，只见小如针尖的人影在蠕动。浅蓝色天空彼方滚滚涌动着云团。尚在遥想之际，云已倏忽飘过远方上空，山脉半覆灰影沉入暗茶色。那块暗影随风渐渐远去。

火山口四周是一片干涸风景，但从我们这边极目远眺的斜面上，只见草木从山脚奋勇往上攀爬进攻。从那里直到我们的脚下皆为绵延绿意。右手下方，风的彼端，在苍郁树木形成的甜甜圈环状中，静卧着紫蓝色的可爱沼泽。

"你看，那个很美啊。"

"嗯。"

翻开旅游指南一看上面写着桶沼。离停车场很近。

"早知道去那里也不赖。"

"别那么贪心好吗？这么想去的话，你何不纵身飞过去试试。"

"如果是飞鼠，搞不好真的可以咻地飞过去。"

---

(52) 七世纪后半叶的山岳修行者，本名役小角，被尊为日本山间苦行僧的始祖。

六之宫公主

"来来来，既然已经到了这里，就往这边走。要出发喽。"

不料，走着走着天色竟加速暗了下来。本来是淡蓝色的天空，渐渐转为深蓝，其间还夹杂灰色。仿佛一顶巨盖当头罩下。

吾友仰望天空："还不到傍晚呢。"

我也摩挲着手臂："小正，你会不会冷？"

"有一点。说到这里，四周已经不见人影了呢。"

"你别说这种话吓人好吗？"

"嘿嘿。"

这里和艳阳盛夏是两个世界。小正印花衬衫的鲜丽原色，现在看起来充满怀旧色彩。与其说天色变暗，应该说，是我们已一路爬上暗处。虽然路不再陡峭，心情却猛然险恶起来。因为，冰冷的水滴开始落到脸颊上。

"虽然我说过想看水，但如果是从天而降的水，那可不是好玩的。"

"放心啦，总会有办法的。"

果真解决了。等我们走到湿原地带时，天色倏然放晴。如枕木倒卧在地的圆木上铺着绵延无尽的木板路。前方已可见到沉睡在绿色山脉臂弯中的大沼。说到人影，只有左弯的那条路上极远处有几人步行。之前上坡时和大批人马擦身而过的情形简直像是幻影。说来也真是现实，等我们不再担心天气状况之后，原本觉得放眼不见人影颇为冷清，现在却像把风景包下来，有种独享一切的奢华乐趣。

走在漫长的木板路上，留意的话可以看见各种野花。小花楚楚可怜地藏身在宽幅的叶片下，或白或绿或紫，颜色都很清浅。江美如果在场，想必会告诉我那些花的名字。

走了一会儿，我很高兴发现终于也有我说得出名字的花。

无数的叶与茎，宛如用细笔一一描出，伸得笔直，将影子倒映在澄澈的水面上。草茎上，纤弱的小白花如一团棉絮般绽放。自从在电视上看过这种花，由于极具特征令我印象深刻。小时候，我曾在圣诞树枝头放上假的雪花。如果把那个再切碎一点，应该就会长成这样吧。

我驻足说道："是绵菅。"

清风吹过，水面泛起年轮般的层层涟漪，纤细的草叶、草茎以及小花，簌簌摇曳。

11

离开步道，我们试着走近镰沼的水边。

我们并肩坐在大石上。正如小正随口说的，这里大得几乎可以称之为湖泊。对岸那片墨绿色是密生的矮松。更后方的山脉也有草地，从鲜嫩的黄绿色到深绿展现多样色彩。

虽说是夏天，山上此处已带有秋意。水面上，粼粼微波自左而右缓缓泛开。凝视着水面涟漪，小正说道："关于刚才的话题。"

"啊？"

"《六之宫公主》。"

"噢。"

"我还没听到重点。"

"什么重点？"

"你自己对于《六之宫公主》这篇小说的看法。"

"你这个问题问得很深入哦。"

"那当然。你应该有责任回答这个问题吧。"

"说的也是。"我仰望山上如猫咪歪头的云朵，"我第一次看这个故事时是在初中，其实那时毫无感觉。只觉得是个身世凄凉的贵族千金故事，看过就算了。可是，高三那年，在寒冷彻骨的严冬重读，看到最后时我仿佛遭当头棒喝。我感到'啊，原来芥川在这种地方发出呐喊'。我相当震撼。'以前，我到底在看什么'，让我呆了好一阵子。"

空中的猫咪，一点一点地伸长脖子。

"和芥川晚年的作品不同，很像他作风地搬出了《今昔物语》的题材。并且扎实创作出一个在命运的无情操弄中只能随波逐流、别无他法、全身莫名散发出那种悲哀的贵族千金的故事，从中寄托芥川自己难耐的呐喊。一想到这里，当我要选一篇最能代表'芥川这个作家'的作品时，当然立刻想到《六之宫公主》。所以，如果根据刚才那种想法，《罗生门》应该是以攻击性姿态对外吧。但那并不适合作者，所以只能停留在模拟阶段。可是，《六之宫公主》的痛苦却是朝内发展，所以成功了。我认为那已超越个人，是个得以普遍化的杰作。"

12

按照徒步路线，我们绕山一圈回到原先的停车场。

眼前的吾妻小富士，只要花个二十分钟应该就能爬到顶上。我很想一窥火山口，向小正提议去瞧瞧，但她不肯。她倒是振振有词："其实，你也还年轻。将来的日子还长，下次来时再去吧。"

但她大概是看我听了之后还是一脸惋惜，于是又说："不然，你自己冲上去逛一圈好了。我在车上等你。"然后，她就朝自动贩卖机走去。我只好依她所言爬到上面再下来。

回到车上，高冈正子放倒椅背睡得正熟。即便开着窗子，如果是在山下，想必车内要不了多久就会闷热如桑拿。

那双英气凛然的浓眉下，眼睛紧闭，衬衫的胸口规律地上下起伏。去山上徒步前，小正已连续开了好几个小时的车，况且她又是新手上路，自然累坏了。

想到自己竟未能替她设想，觉得很惭愧。

我乖乖地鞠躬道歉，小正被我这么一弄给吵醒了，她用困倦的声音说："你在搞什么鬼？"

第四章

1

从Sky Line开进Lake Line，车一路驶向里磐梯高原。林荫之间湖泊若隐若现，十分赏心悦目。

"啊……有些地方果然得自己开车才来得了。"

"什么事都是如此。"

"你这话，是指能力？"

"应该说，是意志吧。"小正猛然蹙眉做出苦瓜脸，"难免会那么想吧。尤其是一想到即将毕业。"

到头来，我恐怕会在没考到驾照的情况下毕业。说到驾照，我忽然想到一件事。

"跟你说哦，我打工的地方有个同事姓饭山。年纪大概不到三十，是个很爽快的人，说起话来很容易打成一片。"

"男的吗？"

"单身汉。"

"这样啊。"

103

"那个人有驾照却不敢开车上路，据说他拥有一个日本罕见的纪录。"

"关于车的？"

"对。他说都是因为朋友吓唬他说年纪越大会越难考，所以他才勉强去考张驾照放着。因此，几乎都只拿来当身份证使用。从考取到目前为止，行车距离只有三米。厉害吧？尽管如此，他还是出了车祸。"

"啥？"

"他说一考取驾照，就立刻试开他妹妹停在家门口的车。他妹妹叫他停进车库，结果倒车时就狠狠地撞到了。"

"天啊。"

"行车距离平均一年只有几十厘米，这样还能撞车，的确够稀奇了吧。"

"的确。会雇用那种人和你这样的家伙，看来那家出版社还真是傻得可喜可贺啊。"话题在怪异的结论下告终。

走收费道路的期间不可能开错路，但是上了普通道路后可就没这么轻松了。我们在每个应该拐弯的转角开过头又绕回头，好不容易终于抵达曾原湖畔的民宿村。

网球场对面并列着几栋像玩具屋的房子。其中有我们要找的"微澜民宿"。搭出的入口横木上，用水蓝色油漆描绘的波浪，如强音记号般划过。

"辛苦了。"

车一开过去，戴眼镜穿围裙的大叔立刻从玄关出来。是民宿老板。这个时节民宿爆满，所以停车场很拥挤。如果房客随便乱停车会很麻烦。因此老板特地来指示停车场所。时间已过了下午五点。还有几批旅游团没抵达，所以好停的位置还空着。

"小正，才刚聊到，就要看你表演倒车入库了。"

"我求之不得。"

吾友一次就准确地停进车位。

打开后车厢，拎着行李，跟着大叔走。他是个大块头。我朝那个结实的肩膀发话："客人一直很多吗？"

"对。直到八月底为止，天天客满。"

途中他说明浴室怎么使用，然后就走狭窄的楼梯上二楼。墙上挂着高原的四季风景照和四五张运动员的号码布。照片说明了是什么比赛的号码布。运动万能的小正问道："老板，你很会滑雪吧？"

"哪里。只是一腔热情瞎搅和。"

照片拍的是滑雪大赛。冒着雪烟滑过的远景，还有老板胸前围的不是围裙，而是标有红字"36"的号码布，笑得开怀得意的特写。"36"的实物就钉在照片旁边。或许老板之所以经营民宿，也是因为里磐梯的白雪在呼唤吧。

走廊上，放着罐装果汁和咖啡的冷藏柜。没有自动贩卖机。上面的盘子里放了几枚铜板。想喝的人可以留下钱后自行取走饮料。这倒是很贴心的做法。旁边放有木头书架，上面写着注意事项："看完后，请放回原位"。架上五花八门地陈列着文库本、漫画和小说。

走过书架前，老板拿钥匙打开最后一间房间。

2

墙壁是木纹很漂亮的木板墙，颇有来到高原的气氛。老板看着墙壁说道："毕竟这种民宿的隔音效果无法做到尽善尽美，还请多多配合，不要吵到别人。"

我连忙称是。这表示隔壁房间的人也不可以打麻将或开派对狂欢。这样最好。

老板走后，小正把旅行包放到地上，立刻往床上一躺，呜呜呜地发出狗熊垂死挣扎的呻吟一边伸懒腰。

晚餐是六点半开始。若在平地，就算时间紧凑，也非得先冲个澡洗去汗水，但是幸好这里海拔八百米，纵使不开空调也很凉快。洗澡的事晚点再说，暂且先悠哉地好好休息一下。

看着在高速公路休息站拿的地图和旅游指南，再回想今天的行程，拟订明天的计划。盘算该上哪里去吃些什么倒也是乐事一桩。

然后我们出去散步。天色还很亮。

开得又大又艳的波斯菊正是缤纷绽放的时节。附近就有池沼，这头漂浮着如同迷你莲花般的绿褐色叶片。我们来时走的那条柏油路，正好贯穿这个高原风景的中央。

小正遥指着道路彼方。

"那是磐梯山。"

放眼可见的，是呈圆锥形隆起，宛如冰激凌顶端被大汤匙舀去一块的山丘。那是因为火山爆发时中央那块被喷走了。据旅游指南记载，那是明治二十一年（1888）七月十五日的事。周遭的山坡犹如撒满切碎的洋香菜末似的一片绿意。但"被舀去的部分"至今仍裸露出土色。山的彼端，猪苗代那边有云，从缺了山顶之处如棉花糖飘然笼罩，溢到这头的洼地。

"好壮观。"

"整座山被轰掉。真是甘拜下风。"

我们被林间隐约可见的水潭吸引信步走去，来到湖边。那里停了几辆厢型车，搭着帐篷。我们走过正忙着生火的男人和端着锅子的女人前面，并肩站在湖畔，呆立半晌。直到要离去时才发现竖有"收费露营场 禁止进入"的警告牌，我俩不禁失声惊呼"哎呀呀"。

边看手表边走向民宿，发现马路对面有个和之前一样的池沼，"慢着。那个，我好像见过。"

"你是说那个像迷你版上野池的东西吗？"

"嗯。"脑中，浮现占据书中整页的彩色照片，"我知道了。是'沼绳'。"

"zhàoshéng？"

"莼菜的古名就是'沼绳'。旅游指南上不是写着里磐梯的名产是莼菜吗？"

"啊，我想起来了，我想起来了。就是那个吗？"

"我没吃过莼菜。"

"我吃过。"

"因为做生意？"小正家是开餐馆的。

"对。放在汤里，很好吃的。"

"嗯……这也是缘分啊。"

"你在感叹什么东西？"

"《六之宫公主》最后不是有一首诗吗？'手枕'云云。"

"对。"

"所以我才会买下岩波的新版《拾遗和歌集》，这事我也跟你说过吧。"

小正点点头。说到八代集[53]，立原正秋曾说"后撰集、拾遗集、后拾遗集、金叶集是挑着看""全部过目的，只有古今集、词花集、千载集、新古今集而

---

(53) 从《古今和歌集》到《新古今和歌集》，自平安初期至镰仓初期的八本敕撰和歌集的总称。

已"。他这句"而已",对我这种不用功的国文系学生来说还真是刺耳。不过先撇开那个不谈。

"趁这机会我翻阅了一下。'手枕'那首诗的前几首,很巧的居然有与'莼菜'相关的诗。我背下来了。作者不详,诗是这样的——"我盯着空中半晌,"比起根莼菜之苦,吾人益田池更难。"

这么说好像我读了很多书,但其实我才是真的"挑着看"。

"'根、莼菜'。如此说来'根'是指树根的'根'喽?"

"对。莼菜是缠绕在手上采摘的,因此才会有'莼菜缠绕''莼菜苦'这些说法,'莼菜'也成了冠在'苦'上面的枕词[54]。'我的痛苦更甚于你'所以用'益田池'的谐音来形容'痛不欲生'。"

"嗯……技巧过剩。这首诗还真无聊。这种东西,亏你还背得烂熟。"

"就是自动记起来了嘛。看到'莼菜',我忍不住暗自称奇。高中时,我翻阅介绍万叶植物[55]的书时正巧看到一首关于'莼菜'的诗歌,我很喜欢那首诗。我记得那本书叫作《万叶的花历》。"

---

(54) 和歌的修辞法,与诗句本身的意义没有直接关联,仅用来修饰一定的语句。
(55) 《万叶集》是日本现存最古老的和歌集,其中吟咏的植物,包括萩、梅、松等共约一百六十种。

六之宫公主

我们已走到民宿。回神一看才发现，如果沿着民宿前的小路直走进去，很快就能看到生长莼菜的池沼。我们不约而同地朝那边走去。

"'吾情浮动如莼菜，靠岸深入均难矣'。'难矣'的意思是'恐怕办不到'。我思念你的心，犹如浮在水面的莼菜漂浮不定。无论在岸边或任何地方都没个着落。'吾情浮动如莼菜'，这种'漂浮不定'的感觉很美吧。"

小正也赞同。

"是有点意思。"

之所以觉得好像见过，完全是因为那本《万叶的花历》的彩色照片。如果把那一方风景拿来这里，必然完全吻合。密密麻麻如盘子一般并列覆满沼泽的莼菜叶，没有风，自然也不可能"浮动不定"，非常安静。在三个池沼中，这个是最大的，面积约可容纳两三座网球场。

"这样频繁地随处可见，真的会觉得怪不得莼菜是此地的特产呢。"

会有这样的感触，是在晚餐时。

在餐厅的椅子坐下，除了民宿安排的餐点，我又另外点了手工腌制生火腿和哈密瓜冰沙。窗外辽阔的高原天空已染成绯红。正感到一抹幸福的气氛，首先端上来的便是法式清汤。

小正看了一眼说："是莼菜呢。"

漂浮在琥珀色清汤中的，是裹在透明外膜里的莼菜芽。在舌上的触感有趣，咀嚼起来的口感也很棒，与清汤的味道相得益彰，十分美味。

3

莼菜也许是机缘巧遇的预告篇。

我们下楼前往老板介绍过的家庭用浴室。由于考量到经济因素，我们住的是没有附浴室的房间。两间浴室之中有一间有人在用，另一间是空的。

洗得浑身清爽后，我在回房间的路上顺道浏览走廊的书架。

除漫画、小说之外也有小学生的学习杂志，大概是这间民宿的小孩看的，此外还有旅游、运动类的杂志，几乎都是新书，但其中难得也有古意盎然的河出书房《现代日本小说大系》中的一册。

看着全集的目录令我浑然忘却时间。一边浏览选了哪些作家的哪些作品，一边思索如果是自己会选录哪一篇，这种动脑的过程很有趣。就这个角度而言，最好先弄清楚各卷的选书人。若是文学全集，通常在台面上会有编辑委员，但基本上应该还是由编辑部负责吧。不过，选作品这种事说穿了其实是个性合不合的问题，也就是爱的表现。

比方说，《新潮日本文学》第一卷。是福永武彦[56]编选的"森鸥外"[57]。刚读解说时，我以为只是普通文章。但是紧接着出现"这是带有'田乐豆腐'[58]这种奇妙滋味的极短篇""就连《田乐豆腐》这个短篇，都是一般人会从鸥外选集剔除的不起眼文章"这样的评论。我暗自称奇，这种写法，不像附在作品后面的解说，倒像是必须与解说平行阅读的作品。可以充分看出选书人精挑细选出每篇文章的气魄与自负。福永正是如此，他这么写着：

"编辑这卷选集的工作交到我手上，能够将我所敬爱的文人业绩（这个业绩就是鸥外发明的字眼）按照自己的喜好去取舍，如果容我僭越，实在是愉快的工作。"并详细说明了挑选作品的经过。

说句题外话，福永中途还引用了鸥外的《追滩》当中深得我意的一句："我凭着夜晚的想法[59]断定，小说这种东西要怎么写都行。"

进而，他又从三个长篇说出令人惊喜的发言："根据明智的决断割爱《青年》，选录了《雁》与《灰烬》。"

---

(56) 福永武彦（1918—1979），小说家，也以笔名加田伶太郎写推理小说。
(57) 森鸥外（1862—1922），文学家、军医。参与翻译、评论、创作、发行文学刊物等多项文学活动。
(58) 将豆腐切成长方形插在竹签上，涂抹味噌在火上烧烤。
(59) 森鸥外在文中表示，人在白天与夜晚的想法不同，像巴尔扎克这种夜猫子，在夜里会文思泉涌效率特佳，但森鸥外认为自己在夜里的想法漫无边际，是靠不住的。

最后他表示，"随笔三篇都很短，因此编辑完毕后才硬是拜托出版社加上去。这三篇和《妄想》可说是鸥外空前绝后的文章"。福永选的那三篇随笔分别是《番红花》《空车》《隔间》。

换言之，这本书既是"森鸥外选集"，同时也等于是福永武彦个人的作品。

文学全集的每一册如果都能达到这种水平，不知该有多美好。可是，站在卖书者的立场，就商品价值的角度而言，人们肯定不乐见众人皆知的名作被剔除在外。想到这里，福永这种做法在一般所谓的文学全集中恐怕很难施展吧。

4

话说回来，河出书房的《现代日本小说大系》在卷末附有目录。那是一套光是远远看去都很赏心悦目的全集。这种不按作家分类，而是按时代编排的编辑方式很罕见。比方说，头五卷是20世纪80年代的作品。这点很新鲜。第五卷选的文章尤其晦涩冷门，包括"飨庭篁村[60]的《当世商人气质》、斋藤绿雨[61]的

---

(60) 飨庭篁村（1855—1922），小说家、剧评家。
(61) 斋藤绿雨（1867—1904），小说家、评论家，以讽刺文章见长。

《油地狱》和《躲猫猫》、江见水荫[62]的《炭烧之烟》、岩谷小波[63]的《妹背贝》、山田美妙[64]的《二郎经高》、宫崎湖处子[65]的《归省》、北村透谷[66]的《我牢狱》《鬼心非鬼心》《宿魂镜》、正冈子规[67]的《曼珠沙华》"。

这本书如果放在车站的书报摊，肯定乏人问津。

在时代的洪流中，同样一位作家，在某卷是青年到了别处却成为老人，这点也很有趣。我也拥有鸥外的《即兴诗人》[68]（还没看过！）之卷等数册。

话说，书架上的这本又收录了哪些作家呢？我抽出一看，不禁大吃一惊。随手一翻，目录末端竟出现《六之宫公主》。芥川是名作家，想必比别卷卖得好吧。这样的话或许出现的概率较高。但即便如此，这仍是离奇的"巧遇"。

第三十三卷《新现实主义1》，收录的是芥川龙之介与菊池宽。解说者是川端康成。

"'嗜好和个性都正好相反'，菊池自己如此形容

---

(62) 江见水荫（1869—1934），小说家，大众文学先驱。
(63) 巖谷小波（1870—1933），小说家、儿童文学作家、俳人。
(64) 山田美妙（1868—1910），小说家、诗人、评论家。
(65) 宫崎湖处子（1864—1922），小说家、诗人、评论家，号称明治抒情诗的开拓者。
(66) 北村透谷（1868—1894），诗人、评论家，热衷和平主义运动，近代浪漫主义文学的核心人物。
(67) 正冈子规（1867—1902），俳人、歌人，致力革新俳句与和歌。
(68) 安徒生的长篇小说，森鸥外翻译。

的（《芥川其人》昭和二年）两人，自大正年间到昭和初年，在短短十几年间于文学史上大放异彩。即便今日回顾芥川、菊池两人，他们仍为大正时代新文学的旗手，而芥川的自杀与菊池的大众化，应可说是一个文学时代走向相反命运的象征吧。"

这段话是文学史上的常识。但是，也许是因为在意料之外的场所撞见，似乎变得格外新鲜。此外，虽然两人一直被人称为"相反的命运"，但是这样并列在一起，"大众化"好像也被视为一种"自杀行为"，令人心头一凉。

浅葱色布质封面的书背已在时光的洪流中褪色。我拿着书回到房间，小正躺在床上，开着枕畔柠檬黄的台灯在看旅游指南。她已换上睡衣。她把脸猛然转向我："我还以为你被老鼠拖走了。"

我摇摇头："老鼠倒是没有，但我遇到了《六之宫公主》。"

"啥？"

随着语尾上扬的声音，小正坐了起来，而我也在另一张床坐下向她说明经过。

"事情就是这样。命运这种东西，还真有意思。"

"原来如此。那么，川端康成对于《六之宫公主》，又是怎么说的？"

"这个嘛……"

川端的解说，篇幅相当长。总之，若先就他提及

115

收录作品的部分来看，他是这么写的："这是王朝常见的故事，芥川替那种悲哀，打上了近代的冷光。"

"就这样？"

"嗯。"

"这未免有点奸诈吧。乍看之下四平八稳，其实什么也没说嘛。"

"是啊，最后那句应该是指芥川的文风自有其冷静清醒的诠释，但哪一点算是'近代'，哪一点又算是'冷光'呢？嗯……虽然是解说，却没有向读者说明清楚。川端大师的看法，还真令人看不懂。"

"重点就在这里，川端的作风，本来就是乍看之下很美，但只有内行人才懂得别有深奥。"

小正伸出手，我把书递给她。吾友接过书打开，看着目录，"芥川的小说我大致都看过。菊池宽的，我可没看过。"

"这种事应该没什么好炫耀的吧。"

"我才没有炫耀。你呢？"

"稍微读过一些。"

"你这家伙真讨厌。那你读了有何感想？"

"文笔很巧妙，而且很有'力量'。"

"噢？您这位大师的看法，我也是听了但听不懂。"

"那我说明一下。说到菊池宽，他给人的印象就是专写通俗的主题，是非常健全且正派的作家。不过，比方说他写过《三浦右卫门的最后》这个故事。

故事说的是骏河的今川氏灭亡时，他的宠臣——担任贴身侍从的三浦右卫门畏死潜逃，向农民们恳求，别说是盔甲连衣服都可以脱下奉送'只求救我一命'。当他好不容易逃走，到了投靠的地方却还是躲不过被杀的命运，他怕得要命，遭到举座嘲笑。但右卫门还是哭着说'我只求保命'。于是对方就逗他说，那你伸出手来求饶。最后，甚至提议'你牺牲一条手臂，我就饶你'来逼他答应自残。等到一只手被砍掉了，对方又要求双手都砍，接着连他的腿也被砍掉。最后对方问他：'即便如此，你还想保命吗？'但他终于还是被砍掉脑袋。"

"这个故事太残酷了。"

"嗯。菊池说，这个右卫门的结局是在浅井了意的《狗张子》[69]里读到的。我家有《日本名著全集》的江户文艺部，所以我立刻动手查阅。除了主角之外，固有名词和细节部分都有很大的差异。"

"嗯……"

"第一，菊池把'狗张子'写为'犬张子'。不过，这点小事应该不用追究。今川城主的名字虽也不同，不过这种情况下，事实如何并不重要。故事在菊池的手上掌握得很稳定。而他真正想说的是什么呢？

浅井了意（1612—1691），江户时代前期净土真宗僧侣，假名草子作家。《狗张子》共七卷，收录了以中国小说《续玄怪录》《博异志》等为题材的四十五篇怪谈。

117

文章最后他如此评论右卫门："'There is also a man 之感令人不胜唏嘘。'"

小正立刻问："菊池很软弱吗？"

这很像是小正会问的问题。

"严格来说应该算是豪放大胆吧。他创办文艺春秋社时，听说过激派的暴力团体还曾找上门来威胁过他。可是，即便在名副其实地面临生死关头之际，据说他也绝不妥协。至少，和芥川比起来，他应该算是强悍多了。所以，这篇《三浦右卫门》，到头来应该不是'肯定'的故事。故事里不是有很多武士都嘲骂右卫门贪生怕死吗？他看待此事的眼光很厉害。他说那些人虚荣地认定应该英勇而死，'专门研究让别人吃惊的扭曲死法'。'扭曲死法'这个词用得够厉害了吧。换言之，菊池这个人其实是对'否定'持'否定'态度的人。有时甚至会执拗到异常的地步，所以才能从中产生'力量'。就这点而言，他和'肯定'派的作家，在本质上是不同的吧。"

"什么叫'肯定'派的作家？"

"嗯……比方说武者小路实笃[70]吧。"

"我懂了，你是说武者小路的'力量'来自执拗的'肯定'。"

"对。"

---

(70) 武者小路实笃（1885—1976），小说家、剧作家、诗人，与志贺直哉等人创办《白桦》。

聊到这里，小正坐在床上开始阅读起解说，过了一会儿她冒出一句："噢，小林秀雄[71]也把菊池与武者小路相提并论啊。"

这我倒是不知道。真巧。我反问："真的？"

"你看这里，这里。"

小正指着翻开的书页把书递给我。

"我认为，菊池有朝一日应会成为比芥川更天才的独特文学家。我也曾听久米正雄[72]评论说菊池是天才。小林秀雄也说：'在我见过的文学家中，令我强烈感到是天才的只有志贺直哉[73]与菊池宽二人。''在许多反抗自然主义文学的作家中最彻底的改革者，我想应该是菊池宽先生与武者小路实笃先生吧。'（菊池宽论）"

"对抗自然主义吗？'彻底的改革家'这个说法应该不含价值判断的色彩，不过总而言之，原来也有这样的看法啊。"

"嗯，好像很有趣。那我再多看一点。"

吾友说着，又把手伸过来。所以，书被她抢走了。我去走廊的盥洗室刷牙，等我回到房间时，床上

---

(71) 小林秀雄（1902—1983），文学评论家，以自我意识与存在的问题为主轴，奠定近代文学批评。

(72) 久米正雄（1891—1952），小说家、剧作家，与菊池、芥川同为《新思潮》同人，后转向通俗小说。

(73) 志贺直哉（1883—1971），小说家，与武者小路创办《白桦》，以强烈的自我意识与简洁的文笔创作写实主义文学。

六之宫公主

的小正朝左侧卧面向木板墙，早已遁入自己的世界。她的集中力够强，所以可以专心潜入另一个世界。

我换上睡衣，"好吧，那我也来看书。"我翻找行李。就算被抢走一本书也不要紧，我另有准备自己想看的书。这次，我带来的是刚从旧书店买来的《日本之莺》。这是关容子[74]的"堀口大学[75]访谈录"。

本书附有北杜夫[76]的"能够令人一读便爱不释手的正是本书"，这句的确是极有宣传效果的广告文案。开始翻阅后，发现果然没骗人。的确是爱不释手欲罢不能。于是，两个青春女孩，大老远来到欧风民宿，居然并排躺在床上看书，度过了古怪的高原一夜。

5

赫然回神，小正不知是否因为白天太累，已经呼呼大睡。她露出床单外的手在胸前交叉，右手边放着翻开的书。我起身凑近一看，她好像已经看完菊池的《无名作家日记》，大拇指放在那篇文章最后的（大正

---

(74) 散文家，1981年以《日本之莺》获颁日本散文家俱乐部奖和角川短歌爱读者奖。
(75) 堀口大学（1892—1981），诗人、法文学者，也翻译许多法文近代诗。
(76) 北杜夫（1927—2011），小说家、精神科医生，芥川奖得主。

七年七月）这个发表年月上。

我轻轻地从她手中抽出那本书。私小说风格的作品结尾映入眼帘。

我记得有一次阅读阿纳托尔·法朗士的作品，发现他写了这么一段话："太阳的热渐渐冷却后，地球也会跟着冷却，最后人类将会灭绝。但住在地里的蚯蚓，或许意外地长寿。届时莎士比亚的戏剧和米开朗琪罗的雕刻也许都会被蚯蚓嗤笑。"这是何等痛快的讽刺。即便是天才的作品迟早也会被蚯蚓嗤笑。更何况山野之流的作品，只要再过个十年，连蚯蚓都懒得耻笑他。

"山野"，是《无名作家日记》中的人物。他是主角的同窗，才华横溢、个性傲慢，刊载在同人杂志《×××》上的作品《脸》大获赏识，一跃成为文坛宠儿。换言之，就文章看来，《×××》就是《新思潮》，《脸》就是《鼻》，而"山野"分明就是影射"芥川龙之介"。

6

可怕的声音吵醒了我。一瞬间，我几疑身在何处。声音刺耳，宛如不合时节的暴风雨，隔着墙壁从

121

邻室传来。是鼾声。

房间昏暗。我紧闭双眼，拉高毯子，打算再次沉入梦乡，但还是无法不去注意噪声。翻过身才发现，小正在看着我。

"……你早就醒了？"

小正倏然挑眉："这么大声谁睡得着？"

顿时，又传来一声巨响。虽然这可不是开玩笑的问题，但我俩还是忍不住扑哧一笑。

"是男的吧？"

"是男的。"

"现在几点了？"

"深夜两点左右。"

"……虽然民宿老板之前已经提过隔音问题，但我做梦也没想到会遭到这种攻击。"

"不，虽然老板那样叮咛，但这墙壁其实还算挺厚的。像隔壁说话的声音就一点也听不见。结果鼾声居然能这么响亮，可见那人的鼾声太特别了。"

"简直是太厉害了。隔着墙都这样，那跟他睡同一间的家人可惨了。"

"不见得是家人。也许是两人结伴出游。"

"嗯。一对男女？"

"也许。"

"若真是这样，那等于是面对面在听。"

"那又怎样？"

"你想想看嘛。好不容易下定决心和男友来到这种地方，那当然一定会做什么事对吧？"

小正在昏暗中贼笑："比方说玩扑克牌吗？"

"就是那个，玩'七喜'之类的。"

"还有'吹牛'！"

我们已经完全清醒了。

"在做完那档事之后，正在感慨'啊，我要跟这人厮守终生'之际，房间忽然天摇地动，男友开始打呼。你说，那不是有点震惊吗？"

我算是浅眠的人，所以尤其怕这种事。小正也点头同意："一想到每晚都得洗耳恭听，想必不会愉快到哪儿去吧。"

"就算抗议'这跟当初说好的不同'，也不可能会有人事先保证晚上'绝对安静'吧。"

"说的也是。"

我也不知怎的，竟然脱口而出："顶多只会保证晚上'绝对激情'。"

"哟，你真说得出口啊。明明毫无经验。"

"好说好说。"

"不过，越是你这种女生，其实反而爱开黄腔一百倍。"

"再怎么说，一百倍也太过分了吧。"

"如果是你，我想想看，十倍左右吧。"

"顶多是两倍，好吗？"

123

"好吧，就算你两倍，成交。"

好奇怪的交易。

"不过言归正传，鼾声的确也是自己选择的那个人的一部分。人本来就很复杂，有各种面相，不可能只接受对自己有利的部分就了事。'一旦爱上了，连那人的鼾声都会喜欢'的这种情形，就理论上而言或许有可能，但现实不可能如此。"

"那倒是。对方自己以及对方相关的状况环境，都不可能完全照我们的意思安排。如此看来，在床上打呼，等于是'现实'采取的第一波攻势。不过，千万别忘了，在对方眼中的我们也是同样的情形。"

"没错。"

床与床之间有空间足以通行。这样聊天相隔太远。于是小正手抓着白色的大枕头，连枕带人地把脸凑到我这边来。

"你交男朋友了？"

明知失礼，我还是忍不住爆笑。小正一脸不满："谁叫你一脸严肃，说出那么实际的发言，搞得我满心期待以为你终于开窍了。"

"没有啦，我这纯粹是形而上的思考。"

小正叹气："我看你没救了。"

"睡前我也在看书。是堀口大学的访谈录。"

"嗯。"

"访谈者兼记录者是关容子。关小姐的作品我以

124　　　　　　　　　　　　　　　　　　　　田S

前看过《中村勘三郎乐屋记》。那本书从头到尾都很有趣，这本也一样。不过，访问的对象不同，书给人的感觉也会截然不同。那本才真的是香艳精彩。有些人看了可能受不了。但我觉得对那本书来说这是一种赞美。'女人'访问'男人'，'男人'回答'女人'，是在这种形式下才能成立的世界。那是很宝贵的邂逅。说到这里，话题突然跳开，说到我自己的心情。我觉得女人还是会寻求和自己波长相合的'男人'吧。"

小正听了，扑哧一笑。

"这样不行啊。说这是女性的一般论，其实我看是你自己想要吧。"

昏暗中，我的表情想必也变得很淘气。并且，自然而然地乖乖点头默认。

"很好。这时能说什么呢？换句话说，你这家伙啊，就连这种理所当然的结论，都得要大老远来到海拔多少米的民宿，等到三更半夜，拿书本的话题当引子，才能勉强做出结论，真是个非常迂回的女人。"

"我是迂回的人，这点我自己当然也知道。还有，若要说'理所当然'，那当然没错。但事实上，今天在这个夜里，我就是强烈地这么觉得，所以我也没办法。"

"别抵抗。"

"才不是抵抗，这只是在平淡述说。重点在于，能否待在对于空气的差异或水的差异这类东西，和自

125

己感到相同方向的男人身边。我想，那时我一定会心痒痒地感到喜悦或幸福吧。"

"女人就不行吗？"

"如果要抱我，还是男人比较好吧。"

小正做出噘唇吹口哨的动作，然后说："你今晚的发言可真大胆。不过，'比较好'这种说法，有点危险啊。万一被第二选择给盯上怎么办。"

我报以微笑，然后恢复本来面孔："这跟所谓的那种'抱'不一样。大学老师讲课时，曾提到与谢野晶子[77]的事。据说她非常怕死。好像还拜托过儿媳妇：'你看起来力气很大，我死的时候请你用力压住我。'晶子的丈夫铁干[78]比她早死，否则这种事当然会拜托他。"

小正定定地看着我的脸。我继续说："那并不仅限于临死之时。只要活着，一旦感受到那种仿佛在空中飘忽不定的人生孤独，真的会如字面所示，希望有人压住动摇的自己。不过如果要骂我这只是在撒娇，那我也无话可说就是了。"

在强悍的小正面前，或许我的语气变得像在辩解。小正大概察觉到这种氛围，微微摇头，"把压人

（77）与谢野晶子（1878—1942），歌人，新诗社的代表性歌人，与丈夫联手为明治浪漫主义开创新时代。

(77) 与谢野晶子（1878—1942），歌人，新诗社的代表性歌人，与丈夫联手为明治浪漫主义开创新时代。

(78) 与谢野铁干（1873—1935），诗人、歌人，创办新诗社及《明星》杂志。

的和被人压住的视为一组搭档不就好了？这样的话，那不也是日常生活中——说得夸张点，战斗的重要一环吗？"

小正是女的，所以是用言语，但是，的确压制住我了。

7

在我们说话期间，豪放的鼾声依旧不停传来。

我在床上以双膝爬行，把手放到窗边。山上很凉，所以没开空调，窗子也一直紧闭着。打开窗户后，还有一层纱窗。

那是挡在我们与黑暗之间的细网。纤细的纱线，在室内灯光下泛白。我仔细观察，网上并没有昆虫停驻。于是我这才安心地试着拉开纱窗。纱窗发出细微的金属摩擦声，露出一方黑夜。

"哇！"

把头伸出窗外的我，不由发出惊叹。

"怎么了？"

我默默招手，然后跟她换位子。

以这种方式观看实在不过瘾。于是我忽然想起，走廊尽头那扇门外，是逃生梯。我跟小正一提，她也强力赞同。于是我俩滑下床，悄悄走出房间。

　　　　　　　　　　六之宫公主

深夜的走廊灯光带着诡异的昏黄，自己仿佛成了民间故事中夜游的小孩。我们穿着拖鞋蹑足走过。小正在旅馆那种地方是最适合穿旅馆浴衣的人，但这里是欧风民宿，所以她自己带了短袖睡衣来。白底缀有花草图案。叶片是银灰色的，花朵以米灰色描出，是件相当低调雅致的睡衣。

走到门口，我们先往外偷窥，然后咔嚓一声开锁外出。涂着红褐色油漆的楼梯平台在黑暗中浮现。站在那里，仰望天空。之前单是从方形小缝隙窥见，便已屏息，而现在头上是一整片。

满天星斗。

"……"

我们半晌无言。

包覆世界的，仿佛是令人疼痛的静寂，才刚觉得怎么没声音，下一瞬间虫鸣已忽远忽近地回来。那是在我的家乡看不到的天空。除了有明亮的大光点，也有宛如撒满整片的细小光砂。星星数量之多，令我震撼。

小正说："看到这个，会开始怀疑自己平常看的是什么。"

我一边东张西望，一边也说："天空干净得透明啊，直到很远、很远的彼方。"

8

换好衣服，离早餐还有三十分钟时间。我决定出门瞧瞧。阳光已相当明亮。孩子们在草地上玩民宿提供的槌球。

坐在旁边的长椅上，我漫无目的地眺望。昨晚的鼾声，照理说应该令我有点睡眠不足，但是影响似乎不大。夏日清晨的空气非常清新。

大约小学一二年级的哥哥带着妹妹，两兄妹正在打轻巧的白色塑料球。妹妹一直吵着"该我玩了"，但是穿短裤的哥哥打五次才肯让出球杆一次。哥哥的球技意外地糟糕，反倒是五岁左右的妹妹击球漂亮。

"那篇《无名作家日记》，内容到底有几成是真实的？"

仿佛记忆忽然苏醒，小正如此问道。我想起昨夜，在吾友手边翻开的"小说"。

"是啊，那篇小说里的芥川是个大反派。"

"若是真的，不免让人感到'写得这么露骨，真的没关系吗？'"

这点我也有同感。不过，菊池有《半自叙传》这本著名的自传。我拥有平凡社出版的《日本人的自传》这套系列作。如果根据那个，我得说："菊池曾经就读一高又去念京都帝大是真的。事实上，他主动替朋友扛下盗窃的罪名，被高校退学。很戏剧化吧。所以后来他才会跑去京都。"

129

"可是按照《无名作家日记》的描写，他好像是对芥川他们的才华感到压力太大才逃出来的。"

"其实并不然。"

"撇开那个不谈，书中看似影射芥川的男人，被描写得太过分了吧。一边冷笑着说什么'我们都会渐渐获得文坛肯定，但其中有一个人恐怕会被淘汰哦'，一边瞄着主角。书中说他向来透过蔑视别人来取得'优越感'，借此'培养自己的自信，是个很恶劣的男人'。真是太糟糕了。"

"的确。"

"弄到最后，那人说要让主角的小说刊在《新思潮》上，却把人家寄来的稿子当笑话。而且，那居然是他打从一开始就计划好的'陷阱'。"

"菊池的确被退过稿。但是，据说是久米正雄写信告诉他'这样实在无法刊登'。而菊池也立刻寄了别的稿子去。芥川当然没有写过那种嘲弄的信给他。先不说别的，在《无名作家日记》中主角一直无法加入《新思潮》，但是实际上菊池从一开始就是杂志成员。"

"噢。"

"换言之，这是反过来利用'私小说'形式的创作。赤裸裸地描写出被核心分子淘汰的焦躁与孤独感。那是普世具同的'真实'。但是，为了描述这点，他大剌剌地利用了菊池这个真实人物和芥川这个

130

真实人物加以变形。如果把文章当成'事实'信以为真——"

"就是上了他的当的笨蛋了。"

"我可没有这么说。"

"你分明很想说。"

"应该说,他刻意写得让人信以为真,其中自有真假一线间的趣味和真实感吧。听说当时编辑收到稿子也吓了一跳。还问他'刊登这篇稿子不会冒犯芥川先生吗?',甚至好像也问过芥川本人。"

"那么,菊池怎么说?"

"他说这是'杞人忧天'。"

"天又不会塌下来是吧。"

"是的。在学期间还没那么明显,但成为作家后,菊池和芥川来往得非常密切。两人会互相造访,也一起去旅行。啊,最重要的是,只要举这个例子来说就好:芥川甚至把长子的名字,根据菊池宽的宽起名为比吕志[79]。"

白色塑料球大幅滚出轨道,滚到我们的脚边。小正捡起来,还给小孩。

---

[79] 这两个名字的发音皆为Hiroshi。

9

面包可以二选一，小正吃吐司，我选了奶油餐包。送上桌的，是加了玉米的松软炒蛋、生火腿，新鲜沙拉的绿意也令人欣喜，还有现榨的柳橙汁。旁边放着特别雪白的香浓牛奶，这个可以无限畅饮。

一边吃早餐，我一边竖起耳朵。每张桌子都在谈论今天的预定行程。"去五色沼""去磐梯山顶""从Sky Line 放眼眺望的风景一定很美"。可想而知，今天是个晴天。

敞着窗子的室内，我们在晨光中准备出发。我把《现代日本小说大系》的解说要点记下来后放回原位。

当然，我也想过向老板请求以适当价格卖给我。甚至，也预料到看似和善的老板应该会回答"送给你吧"。进而，心思迂回的我，念头甚至已经发展到"如果那样的话，是否要寄一包我家那边的名产煎饼送给他当回礼"。

可是最后，我还是把书放回书架归位。以后来访的某人，应该也会继续拿起来阅读。若真有缘，我应该会在旧书店再次与它相遇。

想到自己一度捧在手里的书，无论是在满山红叶时、银白世界时或绿意盎然时，都将在这天空高远、离我迢遥的湖畔民宿书架上，安稳地放着——对，那种滋味还挺不赖的。

终于到了要出发的时刻，我重新翻阅旅游指南，发现香草园近在眼前。于是我抛下堆着行李的车，信步走到还没什么人影的香草园。

现在已变得太流行的薰衣草，乃至各种香草植物挤满了辽阔的庭园。园中插着很像田乐豆腐的"中"字形牌子，一一写明植物的名称。沿路看去，宛如款冬叶缘挤出波浪起伏的草叶，标出的名称是"大黄"。

记得在我青涩的大一那年，曾在轻井泽吃过这种大黄做的果酱。牌子上的文字，唤醒我那段记忆。上面写着"蓼科多年生草本植物"。会吃大黄的昆虫还真奇怪。不不不，这么说太失礼了。那其实很美味。

我蹲下来，正在仔细打量之际，高原的清风吹过。本就波涛起伏的叶片顿时随风摇曳，受光照射的角度不停变换，绿色的亮度也千变万化。

下次一定会反过来，在吃到大黄果酱时，回想起这个地点、这番光景吧。

六之宫公主

第五章

1

国立剧场位于隼町。

我寄了暑期问候信给圆紫先生。虽然有点迟，但还是报告了我已经找到内定工作。只为了这点小事就写信给大师，似乎显得有点过于熟稔。

最后，我附上一句"因此，最近经常去国会图书馆"。结果大师回信叫我"顺便也去隔壁露个脸"。国立剧场演艺场八月中旬演出活动的压轴戏，就是由圆紫先生担纲。

其实就算大师没说，我也打算去看。两处隔着一条青山大道。其间，夹着看起来很严肃的最高法院，就好像汉堡肉夹在汉堡中间。

以扎实技艺赢得一定好评的落语大师春樱亭圆紫先生，是我的大学学长，念的也同样是文学院。当我还在襁褓时，他已走在大学校园中。我本来一直是个只敢在远处瞻仰他的忠实戏迷。但前年，由于某件意

134

外，令我得以参加圆紫先生的座谈会，之后便开始不时见面。

话说既然是亲近的粉丝，起码会送给艺人一盒点心或一个红包之类的礼物，但是我们的情况好像颠倒了。圆紫先生的信上指定了日期，他说："这天我有空，我请你吃晚餐，庆祝你找到工作。"我心里暗自窃喜。虽然不至于真的不知分寸，但在惶恐之余仍旧"窃喜"，这可不是饥饿导致的卑微心态。

圆紫先生是个只要把疑问放进投入口，他就会立刻给出答案，宛如万能解答机的人。每当我的眼前出现难题，我就会忍不住向他求助。能够谈得来，这点令我很庆幸。关于《六之宫公主》，他肯定也会提供什么有意义的看法吧？

再说虽然不是以戏迷身份送上什么了不起的礼物，但我还是准备了从里磐梯买的纪念品。

当天我在图书馆也有工作，倒是很符合行动效率。不过，就地理位置而言虽然方便，在时间上可就不见得了。兼职工作令我没赶上开演。当我走出图书馆时，已是深浓的影子几乎烙在鞋上的午后两点。我在酷热中匆忙赶往国立剧场，演艺场平时自一点开演，结束得很早。正值夏天，我应该来得及在天黑之前离开。

演艺场的入口，挂有足以让小朋友在里面露营的巨大灯笼。每次来这里，我总是舍电梯而走楼梯。这样的话，等于是环绕着灯笼拾级而上。站在楼梯中段，可以从正面看见画在灯笼上的国立剧场象征仙女的面孔。那张被放大的面孔，每次看总觉得莫名地充满现代感。

等我落座时，说书节目正要结束，只知道是历史故事，压根不懂的是在讲些什么。观众还挺多的，几乎都是老人家，不知为何，我置身其间感到万分安心。

接着是校园短剧，装疯卖傻的演出很滑稽，然后是落语和相声表演。

我渐渐明白自己安心的原因。坐在附近的老夫妇，在节目之间慢条斯理地互咬耳朵低声细语。虽然声音很小不会扰人，但听得出他们颇为乐在其中。那种如同小阳春的柔和心境也感染了我。

快要四点时，有大约二十名老人联袂起身离去。是团体游客。大概得配合巴士的时间吧。

"接下来轮到圆紫先生出场！"我真想这么告诉他们。很遗憾，唯独这点无能为力。魔术表演结束，终于听见耳熟的出场伴奏曲目《外记猿》响起。圆紫先生登场了。大师就座后和颜悦色地抬起头，从夏天的昼长夜短说起。

"拿昨天来说吧，我看天色还亮一看时钟，原来是深夜两点。"

被他这么流畅说出还真有点好笑，不知不觉就跟着圆紫先生的节奏走了。话题从傍晚乘凉到放烟火，再到洗完澡后来杯冰啤酒等，道尽夏夜的乐趣。

"爱玩的人，想必也有吹着夜风，在深宵尽兴而归的经历。"

大师有节奏地不断丢出话语，说到了"替我开门，替我开门"。听着听着，渐渐发现他说的是《六尺棒》的故事。

天天夜游的少东家，被父亲关在门外。做儿子的扬声说"你不开门，我就放火"。父亲怕吵到邻居。拿着六尺棒冲出来，追着儿子到处跑。可是，体力自然没法比。顺利脱逃的少东家抢先跑进家门，立刻把门一关。于是，这下子主客颠倒，变成父亲嚷着"快开门"，儿子却说要把他"逐出家门"，拿刚才父亲说的话回敬父亲。结尾老爷是这么说的："你如果真的那么爱模仿，也拿着六尺棒来追我呀。"

虽是分量短小的段子，但我很喜欢圆紫先生说的《六尺棒》。父子俩都是好人。老爷虽然生气，还是担心儿子；少东家虽然逗弄父亲，却充分明白父亲的心意。

少东家迟早会努力继承家业吧。到时他一定会成为比父亲更厉害的生意人，把店里生意做得更大。我很想这么告诉老爷。

137

2

圆紫先生带我来到银座。

起先因为天气热，况且又是要庆祝，于是我们说好去啤酒屋。我虽然酒量不佳，但是啤酒应该还能应付。没想到天不从人愿。这个时节每家啤酒屋都挤满了人，只看到排队等着进店的人潮的背影，心就凉了。

我们就这么走一步算一步，信步走进大楼搭上扶手电梯。

大师穿着轻便的衬衫。而我是柿子色衬衫配青瓷色长裤。

"啊，从这扶手电梯本来可以看见一间漆器店。"

"是吗？"

"对。我发现之后去逛过，店内有形状素朴的小器皿。我觉得很不错。"圆紫先生把左手向前伸，露出掌上放着那空想之物的眼神。

"您没有买下来吗？"

"没有，我没出手。像那种东西，好一点的价钱都很贵，更何况是在银座。"

"那是什么时候的事？"

"这个嘛，那时你大概还是小学生吧？"

说不定当时夫人也在场。不过说到我小学的时候，那的确是遥远的回忆。

"很久了啊。"

"不不，我感觉就像昨天。"圆紫先生接着说，"这不是逞强嘴硬，是真的。过了三十岁以后，时间好像过得飞快。一不小心，就在半梦半醒之间老去了。会被时间淘汰，千万不能不小心。"

结果，我们进了那栋大楼里的中餐馆。看起来很贵。吃的是套餐。送啤酒来的店员，本欲先替圆紫先生倒酒，大师却加以制止："女士优先。"

因为今天是要庆祝我找到工作，我欣然接受斟酒。干杯后，圆紫先生看着我："请你好好工作。我也不会输给你，同样要好好工作。"

和年龄差距无关，大师说这话是把"工作"这个字眼放在同样的高度。我也将成为社会新鲜人了，这个念头如波涛般涌来。但是这句话从圆紫先生口中说出，竟奇妙地令我不再感到不安，得以坦率地萌生"拼了"的勇气。

就一个社会新鲜人而言，我很孩子气地回答："好!"

之后，我们针对三崎书房聊了一会儿。我把当初之所以开始打工的原委叙述一遍，也就是我想买新型文字处理机的事。

"文字转换功能截然不同，所以我想，工作起来速度会更快。"

"原来如此。"

"不过，有时文字也会转换得很怪。例如输入

'怪异'的假名后，居然变换成汉字'平安名'。简直莫名其妙。"

我解释是平安时代的"平安"加上姓名的"名"。于是，圆紫先生不当回事地说："那是地名吧。"

我恍然大悟。原来如此，是专有名词啊。也许这个问题只有对我才是"哥伦布的鸡蛋"。不过，总之我猛然拍膝。

"说不定真有这么一个地方。"

圆紫先生随即说："我记得……应该是在冲绳。"

我目瞪口呆。圆紫先生是东京人，和当地应该没有渊源。

"您去那里办过地方公演吗？"

"不是，是游紫那小子，"那是大师的弟子，"他的特长不是记地名吗？大概是因为那个缘故。可能让我不经意地听到了，算是耳濡目染吧。"

即便如此，真亏大师能记得住。他每次都令我惊奇。我的疑问又解决了一桩。从游紫先生，我们聊到了落语。

"您一定有特别偏爱的段子吧？"我问道。

"对。"

"另外，想必也有偏爱的台词吧？"

大师和颜悦色地说："有啊。"

"有时会不会只为了说那句台词，才表演那个段子？"

"会啊，会啊。"

"《六尺棒》也是吗？"

圆紫先生淘气地看着我："你特地提起，可见在那个段子中，也有你喜欢的台词喽。"说到这里他做个意外提议，"不如这样吧，虽然有点戏剧性，不过我们各写一个答案，再同时揭晓。"

"啊……可是，万一我写错了，岂不是很丢脸？"

"不不，这种事只有'差异'没有'对错'。如果不一样，只表示有两种答案。你说对吧？"

我拿出笔，我俩各自在装筷子的纸袋背面写上答案。

"准备好了吗？"

圆紫先生说。一、二、三！一看文字，我猛然大喜。虽说"没有正确答案"，但答案与答案，心与心，还是一样比较好。

两个筷袋上都只有一句。

——"从明天起，我会孝顺的。"

3

"没错。我也是因为想说这句话，才表演那个段子。"圆紫先生用愉悦的声音说。

被追打的少东家，躲在暗处让父亲跑过去。之

141

后，他目送着父亲跑远的剪影，一边暗道"啊，摔倒了……老爹的脚力越来越弱了。"隔了一秒他又像要道歉似的喃喃自语。从明天起，我会孝顺的。

少东家脱口而出的"孝顺"这个词，令人心头一暖。不过，不只是"温暖"，"从明天起"这句话说得实在很巧妙。这不是"谎言"，但是，"今天"姑且就先原谅我吧。虽然好笑，却很"真实"。

"如果说那勾勒出人性，想必会被当成讽刺。不过说真的，那句话令少东家的面貌栩栩如生地浮现眼前。"

"在你眼中他是个怎样的人呢？"

"他并不是一个只懂得轻浮游乐、任性而为的家伙。也许是因为透过圆紫先生的表演，看到的都是他的好处。"

"谢谢你的肯定。"

"他是个很有人情味、很随和、深受朋友喜爱的人。给人的感觉就是这种人的'青春时代'。"

"我也是抱着这种想法表演的。那个少东家如果只是个浪荡子，那么这个段子就没意思了。而且最重要的，应该是那个男人'喜欢'父亲吧。我认为这是不可欠缺的重点。"

很有圆紫先生风格的说明。

"那句话，是您自己创作的吗？"

"不，是承自师傅。"

他是指在表演场上倒下的第三代。照理说继承衣钵的圆紫先生本该是第四代，但师傅留下讨厌"四"的遗言，因此变成了第五代春樱亭圆紫。

这位第五代大师表示："那点也跟我师傅的技艺非常搭调。真的很棒。我入门后试着问过，据说是名人第三代圆马[80]的脚本。师傅正好赶上圆马的晚年。据说他小的时候就跟着父母去听《六尺棒》。所以，那句台词一直留在耳中。那是小孩子的耳朵啊。真是风雅的故事。等到师傅出师后，当然迫不及待地很想表演，可是圆马师傅已不在人世，所以只好去找有亲戚关系的——"圆紫先生举出一个如今已过世的大师中的某大师之名，"某某师傅打招呼，从此，就开始表演。听到我赞美'从明天起'那一句时，师傅的表情真的很开心。"

圆紫先生露出了缅怀当时的眼神。我发现，技艺原来是超越每一个个体生命的活物。

"先代以前如果没看到那位圆马先生的表演，我今天也就听不到圆紫先生的《六尺棒》了。"

"可以这么说。"

菜送来了。前菜是用类似豆腐皮的东西做成的。我们边吃边聊。

"那个，是夏天的段子吗？"

---

[80] 第三代三游亭圆马，1882—1945。

"只要愿意，应该随时都可以表演吧。不过，我个人只在'夏天'表演。"

我停下筷子："为什么？"

"你猜为什么？"

真坏心。我陷入沉思。慢着慢着，这可不能乱猜。我得按照每一幕依序思索。

"怎么，我看还是边吃边想吧。"

听到圆紫先生的劝告，我快速回想段子，直到最后一幕。

"啊！"

"你想通了？"

"如果不是夏天，做父亲的——"圆紫先生莞尔一笑，接着说，"就不能被关在门外了。"

4

鱼翅汤也别具一格，这玩意儿在我家的餐桌上也出现过。是从超市买来，袋装的重新加热。所以，我一直以为汤里放点鱼翅碎渣意思一下就叫作鱼翅汤。但是这里的放法不同，只能用整片铺得满满的来形容。

"学生时代的最后一个夏天过得如何？"

"课业方面乏善可陈。虽然心情焦虑，可就是提不起劲进入状态。不过说到旅行，最近倒是去过会津的磐梯山。"

"那可是宝山⁽⁸¹⁾啊。"

现在放下汤匙，拿纪念品出来好像有点怪，但是局面演变成这样我也没办法。这是四人座，我的包包放在旁边椅子上。我从装有成叠复印纸和书本的纸袋中取出一个小包裹。

"一点小意思不成敬意，这是当地的纪念品。"

"要送给我吗？真是谢谢你。"大师打开包裹。是手帕。

"是用香草植物染的。"

"这个颜色好。很有深度，百看不厌。我会好好使用的。"

"我们住的民宿附近正好就有香草园。"

"原来如此。"

"还有，在民宿里有芥川龙之介和菊池宽。"

这下子，连聪明的圆紫先生也侧首不解了。我把偶遇《现代日本小说大系》的经过告诉他。

"噢，原来是这么一回事啊。那大概是民宿老板的父执辈看过的书吧。"

"我也是这么想。不过，我吓了一跳。因为未抵达民宿之前，我在车上正好一直在谈芥川。"

---

(81) 会津民谣《玄如节》的歌词有"会津磐梯山是宝山啊，竹叶也会变黄金"，后人索性以"会津磐梯山"作为歌名。

145

"你可真用功。"

"啊？"

"我是说，你一定是在谈毕业论文吧。"

去年秋天，我提过要写芥川，没想到大师还记得。

"其实也不算是。"

我把与田崎老师的相遇、《六之宫公主》和传接球的谜团，以及我与小正的对话内容大致告诉大师。

在漫长的对话期间，套餐已上完甜点，端上了乌龙茶。博学多闻的圆紫先生对于正宗白鸟的芥川龙之介论——也就是二人针对《往生绘卷》的对答——是知道的。

"说来，那也算是一种传接球吧。我记得学生时代——那才真的是'很久以前'——看到那段经过，还曾经觉得很有趣。"

"白鸟说了：'我把读后感写在寄给某杂志的杂文中。'之后芥川便写了信来。"说到这里，因为是我自己发现的不免有几分得意，"如果光看这句，会以为芥川是看了杂志的读后感立刻写信，对吧？但芥川其实是因为《一块土》受到赞赏才写信致谢。所以，可以看出应是后来的事。"

我一边说着，一边把芥川的信件复印件递上。圆紫先生很快地过目，轻描淡写地说：

"原来如此，不过即便从这篇文章也可看出，芥川根本没看过杂志。"

5

我在一瞬间哑口无言。大师则像平日一样笑眯眯的。

"你怎么了？"

虽然每次都这样，但我还是很懊恼。

圆紫先生似乎看出我的心情，不，不是"似乎"，他肯定看出来了。他把信件复印件还给我。然后，捧着萤烧茶杯慢吞吞地喝茶。

我可没那个心情品茶，我再三重读芥川的文章。

"……是因为他提到'在泉之畔中《往生绘卷》的评论'？这里指的'泉之畔'的确不是杂志，那是白鸟的随笔集。"

"不，答案若是那么直接，就不值得一猜了。芥川啊，一不留神写错了呢。"

我越发陷入五里雾中，只好低头："我投降。"

"那样最好。"

"啊？"

"这样的话就算邀你饭后去喝咖啡也没关系了。你会跟我去吧？"

解答暂不揭晓，我只能乖乖点头同意。

古语有云："心有所思而不言，犹如气塞满腹苦。"然而，并不仅限于有话不说的时候。留下未解的谜团，也会令人非常欲求不满而满肚子气。不过一方面当然也是被这顿豪华的中国大餐给撑饱了的缘故。

若是跟这种类型的人谈恋爱，被对方来上一句"不让我牵你的手，我就不告诉你"，谁受得了。

我们沿着中央大道，朝京桥的方向走去。

没想到，路旁竟有小贩挑着担子在卖风铃。分成前后两头的担子放在人行道上，穿着庙会那种大外褂的大叔，正做着很有夏日风情的买卖。几根架起的横木上，吊挂着各式玻璃风铃。大部分是红色的，但也夹杂着油菜花的黄色和茄子的蓝紫色。

吹过大楼之间的清风，让风铃发出清脆明快的声音。路人纷纷驻足，用眼与耳欣赏。大叔正忙着招呼看似夫妇的外国人，用日文努力推销他的商品。两个高大的外国人，配合他的话，嗯嗯有声地猛点头。不过，看来他们是压根听不懂。

我们找不到适当的店，只好中途折返，走进资生堂的咖啡室。里面人很多，许多对话如波涛般从四面八方响起。我们在靠墙的座位相向而坐，女服务生立刻过来点餐。

"好了，那我们来看看芥川的信吧。"

我把复印件放在小桌上。圆紫先生把复印件对着我，手指滑过纸面，停在某一行上。我小声读出："'最后甚至连国粹之流刊登的小品，也承蒙过目，实感荣幸'。"

"对。"

"这句话有什么不对吗？芥川的《往生绘卷》刊

登在《国粹》这本杂志上，若是这个问题，那我早就知道了。"

圆紫先生微笑。

"重点就在这里。芥川如果真的是在杂志上看到白鸟的评论，应该不会轻蔑地说什么'国粹之流'。"

"……"

"我这么说，你应该已经懂了吧。"

我恍然大悟猛地拍桌。

"对了，白鸟的评论就是刊登在《国粹》上。"

"没错。"

想想还真好笑。白鸟本就一副苦瓜脸的大头照浮现眼前。圆紫先生继续说："我也觉得两人这段来往很有意思。学生时代，还曾经去图书馆翻遍各种旧资料查阅呢。根据我当时的记忆，芥川的《往生绘卷》发表后，下一期的杂志就立刻刊出了白鸟的评论。"

"可是，芥川是不看'国粹之流'的。"

"对。"

圆紫先生干脆地断定。我接着他的话说：

"我在国会图书馆，亲眼看过单行本《泉之畔》。书中没有一一详尽载明文章的出处。所以也难怪芥川一不留神会说出'国粹之流'这种话。可是后来，我也看过福武书店出版的《白鸟全集》。所以，如果想从那边查到出处，还是有机会的。是我大意了。"

我有点懊恼。每次都这样，我就像孙悟空翻不出如来佛的手掌心。如此一来，我开始怀疑之前我的想法，圆紫先生该不会老早就已知道了吧。

于是我把我对《六之宫公主》的看法谨慎地说出。结果，居然被夸奖了。

"原来如此。哎，听你这么说，总算解开我长年来的疑问了。我一直不懂那个故事最后为何会冒出庆滋保胤这号人物。嗯，仔细想想我也觉得很不可思议。'仔细想想觉得不可思议'这个说法或许很怪，但真的是一点也没错。虽然心中有疑问，但因芥川这个人兴趣本来就很广泛，所以我也只好说服自己，芥川只是为了卖弄学问，才弄这么个平安时代的人物出来，如此而已。"

这么夸奖我的可不是别人，是圆紫先生呢。说来夸张，我高兴得心跳加速。

"《往生绘卷》的相反版本就是《六之宫公主》，这个说法您觉得如何？"

"那自然是毋庸赘言。"

"我认为前者写的是白天的面孔，后者写的是夜晚的面孔。"

"如果这么想，刚才聊的话题就变得更有趣了。"

"啊？"

"我是说'传接球'。"

我再一次感到纳闷。圆紫先生说："不是说《六之宫公主》就像是'传接球'吗？既然是'传接球'，当然是有人传球，也得有人接球。"

"啊！"

"芥川针对《往生绘卷》与白鸟打过交道。那应该也算是一种'传接球'吧。如此说来关于《六之宫公主》，他到底又是在跟谁，打过什么样的交道呢？而且，正是那段不为人知的过往，令芥川展现夜晚的面貌。怎么样，是不是很有这种可能性？"

6

我一听，本来差点就要兴奋地倾身向前大喊有趣，但我的激动旋即像泄了气的气球。

"可是，要实际找出那个人应该不可能吧？"

"为什么？"

"您想想看，就拿芥川的交友关系来说吧，如今事隔多年——"

"若要深究他与女性的交往，想必的确很难。可是，现在他与白鸟的'传接球'，不就已经从你找的书中浮上台面了吗？尤其他们都是文学家，若是印成铅字的文书往来，就算现在去找，说不定也能找得到。"

"可是，这样根本是毫无头绪，等于是大海捞针。"

圆紫先生若无其事地说："不见得吧。"

151

我噘起嘴："就算印成铅字，我也不可能把当时的书全部都查阅一遍啊。"

"那当然。不过，芥川那句话可是当着一群文艺青年的面前提及的，对吧？如此一来，会不会暗示着'答案就在可见之处'呢？"

我啜饮着红茶："……也许。"

若是"也许"，几乎所有的情形都有可能。但是，圆紫先生说："这么设定至少有一个好消息，应该可以化设定为行动。不过说到要采取行动，其实也没那么严重。《六之宫公主》是哪一年发表的？"

"大正十一年。"

"是他服药自杀的五年前是吧？"

圆紫先生什么资料也没看，便如此说道。我一听，连忙取出复印的年谱。

"是的。"

"要找出可能跟他'传接球'的对象，不如看看他在那段时期前后的作品。芥川既然特地提到，可见对方绝非文坛上的籍籍无名之辈。我们不妨先试着这么假定。"

"原来如此。"

若是有名的作家一定有出版作品全集。要查阅大正十、十一、十二年的作品不难。

"好，说到嫌疑犯，可以列举出哪些人？"

我首先说："志贺直哉。"

"对，因为芥川是出了名的畏惧志贺。不过，若是志贺，那他们是否会鱼雁往返就值得怀疑了。因为芥川似乎是一面倒地被志贺压在下方。"

"不可能是他吗？"

"不，姑且先当作嫌疑犯一号吧。还有别的人选吗？"

我也考虑过前面提到的正宗白鸟。但白鸟提及收到芥川来信时，曾说过大正十三年的那一封"是第一次也是最后一次"。当然，写信并非双方接触的唯一方法。但是，芥川的书信本身，一看就是那种"初次提笔"的调调。不太可能在大正十一年前后有过接触。

于是，我又举出另一位文豪的姓名："谷崎润一郎怎么样？"

"有道理，他俩的确有过争论。只是，那已是芥川晚年的事了。因为那是始自'文艺性、非常文艺性'[82]的争论。"

"您记得真清楚。"

---

(82) 这是芥川在《改造》杂志1927年二月号至八月号连载的文学评论，与当代文豪谷崎就"小说情节之艺术性"针锋相对。二人论争的起因，是1927年2月芥川在《新潮》座谈会发言，针对谷崎的作品，他质疑"小说情节是否具备艺术性"。谷崎看了之后在三月号提出反驳，主张"摒除情节的有趣性，就等于舍弃小说这种形式的特权"。芥川遂于四月号再以《文艺性、非常文艺性　兼答谷崎润一郎君》为题加以反驳。二人就此打起一连串笔战。

我现在是学生，而且正打算以芥川为主题撰写毕业论文，所以这点常识当然知道。可是，从社会人圆紫先生口中流利地冒出这些字眼，未免太惊人。

大师以装傻的口吻回答："这没什么，因为这些书我在学生时代就看过。最近的事我倒是忘得很快。"

7

"不过，若是谷崎，早在打笔战之前他俩就有来往。我想《罗生门》的出版纪念酒会他应该也有到场。就把他也列入人选之一吧。接下来呢？"

"佐藤春夫[83]如何？"

"啊，佐藤春夫。芥川在他身上感到与自己相近的东西。对，他也是重要嫌疑人之一。"

我想起曾在春阳堂版《芥川龙之介全集》的解说中，看到吉田精一提及的某件事。

"决意寻死的芥川，据说曾造访佐藤春夫，一直谈到深夜三点。"

"噢？"

"当时，据说他表示'我本想与你一同走过文学生涯'，还说'与某某跟某某携手同行是错的'。当然，

---

(83) 佐藤春夫（1892—1964），以古典风格的抒情诗知名，后来改写小说，开创出幻想、耽美的风格。

佐藤春夫没写出某某究竟是谁。但是，如果芥川曾举出两个人，那唯一的可能就是菊池宽和久米正雄。"

"……"

圆紫先生的脸上蓦然闪过寂色。让我觉得自己说的话，好像是出自低俗的八卦偷窥心态。

圆紫先生皱起的眉头立刻放松："想必的确如此吧。说这种话，是芥川对春夫的阿谀，不过当然想必也是真心话。"

"我刚才是不是问了无聊的问题？"

"不不不，没那回事。"

"可是，您刚才的表情好寂寞。"

"啊，那个嘛，该怎么说呢？我只是忽然感到，人与人之间互动关系的悲哀吧。"

这次轮到我陷入沉默。

隔壁桌的四人起身离席，立刻有一对看似情侣的客人递补座位。看来，这家店暂时是不可能安静下来了。过了一会儿，圆紫先生略微压低音量，说道："芥川晚年的文章中，有一篇令我永生难忘。细菌（bacteria），芥川按照日式拼音写成'巴库特利亚'，就是那个故事。你记得吗？"

"不记得。"

"那篇文章的主题是'如果投胎转世'。其中说了这么一段话：如果投胎转世，我会变成牛或马，并且做坏事。这样的话，神大概会把我变成麻雀或乌鸦。

155

然后我又做坏事。这次我变成鱼或蛇。接着我再度干坏事。之后又变成虫子。但我还是继续为恶。又变成树木或青苔。我再度做坏事。于是变成细菌……"

我渐渐把身子缩起来，背上感到一阵寒意。

"即便如此，如果我还是继续做坏事的话，神会怎么处置我呢？想到这里，不断投胎转世，不停做坏事，好像就等于不断步向死亡。"

从这番话感觉不出作者的聪明才智。也许是大师的叙述将我导向某种解释，但我还是觉得，从中读到的只有无药可救的深刻孤独。

圆紫先生静静地说："人啊，就是会思考各种事。"

8

喝完咖啡，圆紫先生如此提议："怎么样，要不要把菊池宽也列入嫌疑人名单？"

我顿了一下说："对哦，菊池的确是他亲近的友人。"

圆紫先生听出我的语调言不由衷，说道："你不以为然？"

"对。和谷崎等人相比，印象中他俩好像比较少讨论文学上的话题。不过，那当然是因为菊池已经变成通俗作家。"

"说到菊池，一般人还是对他写出《真珠夫人》

之后的形象较有概念。而他的长篇小说已经没人阅读了。因为社会变迁，小说技巧也日新月异，他已经落伍了。我在学生时代看过他几篇小说，的确读得很吃力。很难不站在第三者的疏离立场去看待。看着看着就会忍不住怀疑：这种文风在当时真的受到欢迎吗？"

"读起来毫无乐趣？"

"可以这么说。说有趣，未免奢求，所以会忍不住想看别的书。"

"圆紫先生那个年代，还有人看他的小说吗？"

"伤脑筋。我还没有那么老，好吗？我曾在旧书店买到全集里的数册。否则，即便在我那个年代，市面上也已买不到菊池的书了。不过，菊池的作品在发表当时倒是赢得大众压倒性的支持。另一方面——"圆紫先生倏然眯起眼，"有位作家叫中野重治[84]对吧？"

"对。"

"他写过这么一段话：自己懂文学也懂美术，但是，唯独不懂音乐。那是因为没钱，文学方面至少还买得起平价小说，可是，穷人无法亲近音乐。"

"若就时代环境来考量，他说的应该没错。"

"我想也是。在车站看到听完音乐会回来的资产阶级子弟，会很厌恶他们，觉得他们恶俗。并且——重点来了，总而言之，他写自己完全不懂音乐，他

---

(84) 中野重治（1902—1979），小说家、诗人、评论家。

六之宫公主

是这样来描述自己有多么不通音律：'在音乐方面，我甚至不如坐在收账台看菊池宽小说的公共澡堂老板娘。'"

"啊……"

"菊池自己，即便听到这种话，想必也无话可以反驳吧。他大概顶多只能回嘴说，为坐在收账台的女性书写，才是真正的普罗大众文学。不过即便如此，他可是'代表不懂文学的普罗大众这个程度的作家'。很厉害吧？不是反讽，可见菊池宽的存在，有多么重要。"

我渐渐切实感受到他在文坛的地位。

"他跟芥川怎么样？有文学上的往来吗？"

"他俩应该经常讨论艺术，尤其是在年轻的时候。"

"可是，芥川写给菊池的书信，好像不多吧？"

我虽然说得好像很懂，其实芥川全集里的日记书信类，我顶多只是随手翻过春阳堂的版本，根本没仔细看。因此，我才会脱口说出这种话。我的轻率遭到报应，立刻碰了个钉子。

"你是说，不多吗？"

"呃，我是这么觉得啦……"我心虚了。

圆紫先生报以微笑："其实，根本'没有'。"

"什么？"

"没有。芥川全集里没有写给菊池的书信。不仅如此，在遗书中，也没看到死前几个月写给菊池的信。写给别人的，就连特别注明看完就得烧掉的信都保留下来印成铅字了。可是，菊池这个名字完全没有出现过。"

"那也未免太厉害了吧？"

"如果书信还留着，我想数量应该会相当可观。菊池自己是说，没留下书信是因为自己太懒散，但做得那么彻底，还是令人瞠目。说到底，村松梢风[85]写过一件趣事。我记得应该是收录在《近代作家传》中。据说梢风曾问过芥川，对菊池有何看法？"

"是。"

"结果芥川听了，露出嘲讽的微笑，如此说道：'你去菊池家时，没发现他家的拉门、纸门和地板旁边的矮柜，一定都是从反方向往上拉吗？我本来以为至少偶尔会照正常方式关门，结果一定是反方向。'"

我又吃了一惊："听起来很可怕。"

"不过，这段话的内容，是透过芥川叙述后的'内容'。这么一想，可怕的到底是'芥川'还是'菊池'，不禁叫人迷惑。"

我觉得被打败了。

"说的也是。再怎么说，也不可能'一定'如何。那就是芥川所描述的'菊池其人'吧。"

"对。"

---

(85) 村松梢风（1889—1961），小说家，以考证式的人物评传独树一帜。

"芥川这个人，就是喜欢用这种惊世骇俗的说法。江口涣[86]在《吾辈文学半世纪》介绍过。据说芥川曾对朋友说，有岛武郎[87]的小说，就像用收音机听西洋名曲。"

圆紫先生颔首："啊，那个我记得。就像相声表演，丢出某某话题，却用乍看之下毫不相干的某某说法来解包袱是吧。"

"对，他心里想的是'若那是真货，不知该有多好。'"

"这样随口丢出一句的效果真是猛烈啊。暴露出说话的人真心。"

"那种说法，如果是在印成铅字的人物传记上看到，倒是一桩风雅逸闻。要是听到的是酒席之间的闲聊，内容不知会有多么辛辣。"

圆紫先生沉静地说："傲慢自信与纤细易感，决非矛盾的对立。"

9

"有时比喻或反论或许会徒劳无功，但刚才这段对菊池的评论倒是颇为犀利。'拉门的方向''一定

(86) 江口涣（1887—1975），小说家，评论家。
(87) 有岛武郎（1878—1923），小说家，参与《白桦》创刊。

是反的'。光是这句，就仿佛已看了一篇短篇小说。这不是用一般定义的草率、随便，就能解释的人格。'一定'会怎样——天底下没有这么一丝不苟的草率。'一定相反'是一种生活方式，是存在本身。"

"想必是吧。'拉门的方向一定是反的'，这种在这世上绝不可能的描述，更能令人感受到对于'正常'位置无法忍受的那种强烈个性。而芥川，则带着嘲讽的微笑旁观。"

我们出了店，走下地铁的楼梯，搭乘日比谷线。圆紫先生跟我一起搭到半途，我们靠在车门边继续聊着。

"芥川又是怎么看待身为艺术家的菊池呢？"

圆紫先生说："想必没放在眼里吧。尤其是对于开始'认真'创作通俗小说的他，想必认为是个和自己完全相反、搭不上关系的作家吧。然而，若就生活的层面而言，菊池拥有他所没有的强悍。或许正是这种相反之处，令芥川深感魅力吧。他说把菊池当成'大哥'看待。想必的确抱有那种亲爱或信赖的感情吧。尤其，在东京大地震发生前，他俩来往得很频繁。"

"大地震那时发生了什么事吗？"

"从那时起，菊池在文艺春秋社的工作忽然变得很忙碌。或者该说，他的态度变成如此吧。目睹地震惨状的菊池觉得，到头来文学只是无用之物，并且也

161

这么说出口。"

"啊……"

也有些东西"顶多只是有用"。究竟是好是坏，不可能单凭有用无用来判定。说穿了，婴儿的微笑或竹叶的颤动，对生存来说或许皆非必要。但是，如果说出那种话——如果说出什么是无用的，到最后，所有的东西恐怕都会沉入朦胧暗影吧。甚至自己也是。

圆紫先生的声音在我的耳边响起："……另一方面，芥川的精神状态也每况愈下。"

我不假思索，脱口而出："地震之前，芥川和菊池都还很年轻吧。二人都是年轻的天才呢。"

这句话发出明确的光辉。地铁奔驰的声音在一瞬间消失。圆紫先生定睛看着我的脸。那是我从未见过的、感慨良深的表情。

"是啊。这么一想，二人的亲密来往，好像只能用'怀念'来形容了。"说着他指向我手边的资料，"正如那份年谱所示，芥川著有《点心》这本随笔集。"

我回顾复印资料。是大正十一年五月出版的。

圆紫先生说："那个书名，当初据说迟迟难以决定。芥川对菊池提及这件事。菊池问他集子里收了哪些作品，于是就有了《点心》这本随笔。点心在中文里是'填肚子的轻食'之意。菊池说'这个名称最有你的风格'，于是就这么决定了书名。另外你应该也知道'我鬼'吧？"

"知道，是芥川的俳号(88)。"

"菊池的作品中，有个短篇名称就叫作这个。是从在电车上让不让座的问题开始发挥的利己主义故事。结尾，菊池提及芥川的俳号，他写道，每次问起这个俳号的由来，芥川总是面带得意地解释：'在中国，自我就叫作我鬼。(89)很妙吧。'"

"我鬼先生就是自我先生。"

"是啊。而菊池，在春阳堂出版包含那个短篇的全集时，定名为——"

"《我鬼》。"

"对对对。那么，设计那本书封面的是谁？"

我觉得大师未免太观察入微了。不过，我还是姑且猜猜看："是我鬼先生吗？"

圆紫先生莞尔一笑："标准答案。"

地铁已接近茅场町。圆紫先生要在这里换车改搭东西线。穿过黑暗，窗子倏然大放光明。

"谢谢，今天让您破费了。还聊了这么多。"

圆紫先生一边说"哪里哪里"，一边仿佛要当作这席对谈最后的甜点，他说道："对了，萩原朔太郎(90)

---

(88) 俳句作者的雅号。

(89) 可能是民国时对"自我"（ego）的一种音译。

(90) 萩原朔太郎（1886—1942），诗人，运用口语自由诗完成近代象征诗，对诗坛产生极大影响。

163

有过这样的证言哦。你知道芥川每次都怎么称呼菊池宽吗？"

"怎么称呼？"

大师果然很懂得怎么结尾。他撂下一句话，便挥起一只手径自下车。电车再次启动。那句话留在我的耳中。

"我的英雄"。

第六章

1

回到家，我立刻翻出文学全集中的某几本查阅。然后，又去邻市图书馆借来了筑摩书房版的《芥川龙之介全集》和中央公论社版的《谷崎润一郎全集》。

我坐在塞满房间的书堆中。为了写毕业论文，本就需要不少书，这下子更是数量可观。俗话说书多不愁，但问题在于多到什么程度。

我的房间在没有空调的二楼。白天酷热如地狱，无法住人。相对的，晚上可以开着纱窗，凭借些许吹入的微风，我开始追踪。

首先是志贺直哉。芥川于大正十年七月二十七日，造访他位于千叶县我孙子市的家。那是他头一次访问。志贺将这件事，写在《于沓挂(91)》中。

---

(91) 指沓挂宿，位于长野县中轻井泽。

六之宫公主

"芥川君比吾辈互相行礼更客气地行大礼。长发垂在身前，又用手撩起。吾辈乃粗鄙野人，芥川君却充满都会风情。芥川君腹泻大病后，瘦得令人痛心，而且看似非常神经质。"

"芥川君频频试图打听我有整整三年未写小说的往事。并且用仿佛自身也面临这种时机的语气说，自己不是写得出小说的人。"

志贺说写不出来时"那就不要写不就得了"，芥川回答"我可没那么养尊处优"。并且据说"之后倒是悠哉地闲聊了一整天"。

那是在《六之宫公主》发表大约一年前的事。若说有影响，未免间隔过久。关于那天的"悠哉闲聊"虽也在文章中提到不少，但并未找到看似相关的迹象。

"之后我一直不放心打算去芥川家看看，可惜苦无机会，就这么搬到京都去了。"志贺如是说。

志贺迁往京都的粟田口三条，又迁往山科，是大正十二年的事。其间，大正十一年是问题所在。不过，看起来当时二人应该还没有接触。

我试举出志贺在这段时间的作品。

大正十年　《暗夜行路》前篇
大正十一年　《暗夜行路》后篇第三部、《插话》
大正十二年　《暗夜行路》后篇第三部终、《旅》

若说是作品带来的影响，对象也该是《暗夜行路》吧。但是，要说《六之宫公主》是受到《暗夜行路》的影响而写，我总觉得难以释然。

志贺这条线索，看来是走进死胡同了。

没想到，《于沓挂》还有下文。

"和芥川君在黑田家玄关道别竟成了最后一面。在他决心寻死的那两年之间我们终究没有机会再见。"

"几个月前的《文艺春秋》上，芥川君描写自己想象大脑的每个折缝都出现成排的虱子列队啃咬。这的确很像是身心俱疲者会有的想象，令我不禁悚然战栗。"

由于社会变迁，以前想必随处可见的虱子这种名词，对现在的我而言，仿佛只是一种符号，没有切身感受，只好勉强试图说服自己。不过老实说由此也可看出，这是多么恶心的名词。

2

接着是谷崎润一郎，他的作品如下。

大正十年　《我》《不幸母亲的故事》《A 与 B 的故事》《唯因有爱》

大正十一年　《堕落》《青花》《阿国与五平》《本牧夜话》

大正十二年　《万福玛莉亚》《无爱的人们》《神人之间》

数量不多。我试着从全集寻找，但在这方面也毫无所获。

我检阅与芥川有关的文章。有一篇《痛苦的人》，刊于《文艺春秋》昭和二年九月号。

事后再去思考既定事实，往往才恍然大悟。啊！原来如此，于是慢半拍地责怪自己为何当时没有及早发现，但事到如今已无法挽回。吾友芥川君最近的行动，如今回想起来早有许多不寻常的迹象，但我做梦也没想到他竟有如此悲壮的必死觉悟。我本该更温柔地劝慰他，却自以为找到争论的好对象，而与他展开无谓的争执，实在是毫无朋友道义，对于故人真不知如何致歉才好。

这段述怀，指的就是圆紫先生也曾提过的芥川与谷崎的论争。当时芥川主张没有"故事"情节的小说才是最纯粹的小说，而谷崎极力反驳。

接下来，谷崎叙述最近的芥川变得莫名"亲切"，不只是在态度上，还送书给他。包括二册八开的

《即兴诗人》、英译本的《高龙巴》⁽⁹²⁾，还有《法语印度佛像集》。

谷崎以为，这是发生论争后，芥川"试图略微缓和我的锋芒"才示好。于是，谷崎"故意唱反调"，反而"更加咄咄逼人"。就在这时他接获噩耗。事后回想才明白那是芥川赠送的遗物，谷崎非常后悔。

"但，最后如果容我稍做辩解，芥川君的确是有这种容易令人误解的软弱之处。"

同月刊载于《改造》的《芥川君与我》，叙述了他与这位《新思潮》后辈的因缘。他们都在东京老街长大，连家里拜的寺庙都是同一间。这种程度的巧合还不值得惊讶，顶多只会觉得"这样啊"。但是，巧合到下面这种地步，不禁要令人失声惊叹了。

"而芥川君过世的七月二十四日这天，正好也是我的生日。"

巧得简直像是老天爷的恶作剧。

莎士比亚和塞万提斯据说死于同年同月同日。原来如此，这个世上果真什么巧合都有可能发生。这么一想倒也不足为奇了。但是，这行文字莫名地刺痛了我的心。

人与人，受到冥冥之中的摆布聚散离合。人类正因有心，所以才会爱会敬会嫉妒会轻蔑会绝望会悲

---

(92) 法国作家梅里美的小说。

六之宫公主

伤。之前与圆紫先生也曾谈到，这次查资料，令我深深感到人与人这种互动关系的不可思议。

3

说到不可思议的程度，佐藤春夫在《追忆芥川龙之介》一文中写到的巧合，或许更胜一筹。

佐藤谈论他与芥川在文艺上或者性格上的相似之处，更表示有过这样的巧合。那是发生在芥川造访他位于四谷信浓町住家时的事。

当时他拿坐垫请芥川坐，芥川说"感觉很怪"。因为那和芥川在家用的一模一样。"中央有深鹅黄色的寿字，四周染出蝙蝠"。据芥川表示，这是自中国进口的东西，商人抱怨销路很差。"换言之，芥川和我等于不约而同地买了销路很差的商品。"

过了一会儿他们要外出，佐藤从桌子抽屉取出表，芥川立刻大喊"喂，慢着慢着"，然后"从怀中取出没有链子，也没添附任何东西的一块表拿到我面前。顶多二十元的镍合金有一面是文字盘，上面有清楚的阿拉伯数字，非常大地环绕表面"。结果又是一模一样。

佐藤看了芥川的作品后表示"发现一个艺术上的血亲令我大喜过望"。这个坐垫与钟表事件，毋庸赘言自然令他感到命运之离奇。

此外，正因为看过谷崎的文章，下面这段文章更加令人印象深刻。

佐藤翻译爱伦·坡的《影子》这篇小品时，有个"大嘴巴"传话，说芥川批评"错误连篇简直看不下去"。于是他告诉那个男人，近日会去找芥川登门求教。结果，"某个傍晚芥川主动来访。我一看到他，就立刻告诉他之前一直想去拜访他，他说得有点急：'不，其实我就是为那件事而来。真不好意思。仔细看过你的译文后其实觉得相当不错。我想把这个送给你。'说着，他把埃德蒙·威廉·戈斯翻译的穆特·福开《涡堤孩》从怀中取出，放在我桌上。"

二人明明交情深厚，在世人眼中却是水火不容。佐藤自己也表示"一方面抱着非常亲爱的感情，另一方面却又有种怎么也无法融合的隔阂"。

去世那年，芥川曾多次提及的那次访问发生在一月下旬。所以，比我模糊记忆中的更早，约在半年前。就像我跟圆紫先生也说过的，当时芥川说"我后悔没有跟你一起踏上我的文学生涯"，佐藤对他说"今后开始也不迟呀"，他如此答道："不，迟了。已经迟了。"

而且他还说："如果我死了，请你记住，由你来写诔。"小女子向来才疏学浅。"诔"这个字眼连听都没听过。但从前后关系大致猜得出意思。一查之下，果然是追悼之意，乃悼念故人之词。

六之宫公主

只有你才有资格写追悼文，对我来说，你是那唯一的、拥有独特价值的人——说这种话，是为了讨好对方吗？不，毋宁说是一种悲鸣，是在呐喊"看着我，把你的目光转向我"。若真是如此，那说的其实是孤独吧。

也是在这时，他说出众所周知的那句"和××与○○携手同行是错的"。就亲近程度、在文坛的地位而言，前者指的应是菊池，而后者应是久米正雄。关于前者，过后不久他也曾说"像××其实就很幸福。他那样的实际派，在某个层面也跟超人一样。"即便如此，仍可看出"××"指的应是同一个人。而且，说到"超人"的"实际派"，肯定就是菊池。

佐藤春夫的作品颇多，我只举出最具代表性的。

大正十年　《星》《殉情诗集》出版、《秋刀鱼之歌》

大正十一年　《都会的忧郁》

大正十二年　《寂寥过度》

图书馆没有佐藤的作品全集，所以查到这里就查不下去了。

不过，对于这些文学家，"文坛大佬"的印象很强。但以大正十一年这个时间轴观之，彼时佐藤春夫三十岁，迎向人生"晚年"的芥川三十一岁，谷崎三十七岁，而即便是正在创作《暗夜行路》的志贺直哉也不过三十九岁。

说到三十几岁，好像还是很遥远的事。不过，再过八年我也要迈入三十大关了。这么一想，这出戏的登场人物意外地年轻。

4

而菊池宽当时三十四岁。

我拿起谷崎全集里，文章提及芥川的那一卷，再读了读其他文章，果然很有趣。

内容有落语，也提及《六尺棒》的圆马。圆马"再三恳求吉井君：请让我见谷崎先生"。吉井君应该是吉井勇[93]吧。谷崎写道："本以为来日方长，不料他却猝然死去。"可怜。

对这位圆马倾心的是桂文乐[94]。说到此人，我是从录音带以及偶尔看的深夜电视中得知的。谷崎在文中提到文乐无懈可击的技艺。"文乐的演出当然很精彩，但是有点过于艺术家本位。我说除了文乐之外，

---

(93) 吉井勇（1886—1960），歌人、剧作家。
(94) 桂文乐（1892—1971），第八代桂文乐，落语家。

六之宫公主

我第二喜欢志生⁽⁹⁵⁾，结果被东京某位行家严厉叱责，但我至今仍不改初衷。"

那是昭和二十八年（1953）的文章。早年，世人对志生的评价之低，好像只能用异常来形容。这点我能够理解。嗯，谷崎了不起（不过仔细想想，他只不过是对于自己喜欢的事物说声喜欢罢了，却有人跳出来"叱责"，这才可怕。想必，任何时代都会有这种人吧。）

所谓的评价，其实很不牢靠。

说到这里，在菊池宽过世后，谷崎也发表过追述他的文章。标题就直接是"追忆"。谷崎和菊池没有直接的来往，据说都是透过芥川听来的。他并不认同菊池的小说，还把菊池"骂得一塌糊涂"。但他也说"我记得菊池君曾一再褒扬我的作品"。谷崎对于菊池的戏剧作品"其实不怎么讨厌"，"虽然我觉得主题相当露骨，太粗线条，太粗糙"，"但是上了舞台后那种表现手法反而旗帜鲜明，印象清晰，带给观众强烈的震撼"。此外在史传、随笔方面，他称"菊池君的文章简洁朴素，鲜活生动，所以我并不讨厌"。

"菊池君的人品之佳，我曾多次听芥川君说起，我自己也直接感受过。"但是没有深入交往的原因，谷崎表示一方面也是缘于"就社会地位而言，菊池君

---

(95) 指古今亭志生（1890—1973），明治至昭和时期代表性落语家之一。

是人脉更广的文坛大人物"。菊池是"文坛大人物"，自己却是"前辈"。因此相处起来才会变得尴尬。

当时菊池的那种地位、社会赋予的高度评价，现在我们已不太感受得到。和志生的情况正好相反。曾经众所周知的"大文豪"菊池宽到哪里去了呢？

话说，谷崎在表明与菊池关系疏远后，接着又说"不过，私底下菊池君曾向我表达善意，也有两三次袒护我，替我排解问题。尤其是我与前妻离婚时，菊池君曾百般设法想让她得到幸福，自己充当媒人，替她觅得好对象再嫁"。于是"我寄信致谢"，"不知几时方可酬谢这番好意。我印象中写过这样的话，但这话终究没有机会实现，未能报恩令我深感内疚。"

文章就此结束。

5

菊池当然也为文谈过芥川。那篇文章就是《芥川其人其事》。

这两三年来，他饱尝世俗艰苦。在吾辈之中，最高洁狷介、渴望避世的芥川，却尝到最多的世俗艰苦，这是何等讽刺。

　　　　　　　　　　　　　六之宫公主

实际上，这话一点也没错。菊池首先举出的，是"生性讲究的芥川，投注心血编辑的"五册、集一百四十八篇文章而成的供辅助阅读用的文艺作品选集《近代日本文艺读本》。这本书，我曾在神田看过一次复刻版。但我没买，事后只能扼腕。如同福永的"森鸥外选集"，选了哪些文章的这个"选择"本身也算是一种作品。如果是芥川全集，我认为应该把作品详细名单收录在内（据我所见并没有。如果有哪套全集收录了尚请见谅）。

话说，芥川接受出版社委托编纂此书是在大正十二年九月一日，换言之正是东京大地震之日。说不祥的确很不祥。芥川本是抱着轻松的心态接下工作，但实际着手后，才被其难度之高给吓到，苦不堪言地哀号。更何况书又卖得不好。

菊池表示：

而且，版税也要分给帮忙的两三位编辑，所以芥川实际上顶多只拿到十分之一的酬劳。可是，不知为何却冒出"芥川靠着那套读本大捞一笔，还盖了书房"这种流言。其中，甚至有作家愤愤不平地表示"利用我们这些穷作家的作品汇集成册，一个人中饱私囊实在太过分"。芥川对这种谣言，不知有多在意。对芥川而言，那肯定是个令他伤心的谣言。

芥川本是好心想收录更多作家的作品，没想到反被卷入中伤的旋涡。芥川在忍无可忍之下，对菊池说"今后那本书的版税，我想全部捐给文艺家协会"，菊池却劝他"别理会就好了"。

"书卖得不好，你又付出那么多的心力，那些抱怨的家伙就随他们去吧——我一再这么劝他，劝得嘴都酸了。"

于是，

他说，再不然今后版税索性分给集中收录的各个作家。他这个提议我也反对。我告诉他，类似教科书的读本类通常都是自行收录。既已郑重征得作家同意，如果书卖得很好也就算了，销路惨淡时，绝对没必要那样做。况且，分配给一百二三十人后，一个人顶多只能拿到十元，根本无济于事。听我这么说，他当场被我说服了，不过最后，他好像还是每位作家都送了三越的十元票子。我为对这种事在意到如此地步的芥川感到难过。不过，他的洁癖，令他不得不这么做。

除此之外，还有菊池自己企划的《小学生全集》事件。芥川挂名担任共同编辑。"已决心自杀的他想必并不情愿，但他怕他的拒绝会令我不快，所以大概是念着最后一点交情，才慨然允诺。"

看出好友心事的菊池，这番评论显然是一针见血。对于别人怎么看待自己，芥川就是无法不介意。

没想到，这套《小学生全集》再次引发问题。

6

去年，邻市图书馆进了阿尔斯出版社出版的《日本儿童文库》复刻本。那是很久以前的书。但我小的时候，在亲戚家的偏屋书柜里发现了那套书并翻看过。于是，平成时代的女大学生不可思议地竟对阿尔斯套书萌生怀旧之情，重新翻阅了起来。这套《日本儿童文库》是在昭和初年出版的。也就是说，和菊池的《小学生全集》的企划雷同。于是，两方为了谁先谁后爆发争执，演变成一场混战。芥川和阿尔斯那边也有交情，因此成了"夹心饼干"。

菊池进而又说："在家庭关系方面，姐夫的自杀、依赖心重的夫人弟弟发病，种种不幸事件相继发生。"

关于"姐夫的自杀"背后有着普通人的神经难以承受的复杂内幕。芥川不得不四处奔走做善后处理。正如"种种"二字所示，亲戚关系对芥川造成的折磨，除此之外还有多起。

兼之宇野浩二[96]在这时出现的精神异常，据说也令芥川大为动摇。在《点鬼簿》写出"我的母亲是疯子"的芥川，据说将之视为心头重荷，极度恐惧自己的精神崩溃。这样的芥川，是怎么看待友人不正常的模样呢？

在这个时期，命运之神将难以置信的残酷攻击，加诸芥川身上。

到了昭和二年七月二十四日，他终于离开人世。

套用菊池的说法：

现在想想，我对芥川没尽上半点力，他却在私底下对我的生活起居百般关心。去年十月待在鹄沼时，他很担心我的某起事件，特地提醒我，还写信给我说如果有他能帮忙之处，叫我去东京之后拍电报给他。但是，我自己对那起事件一点也不担心，所以我回信叫他不用担心。芥川虽苦于神经衰弱，却还不忘担心我，这一点令我颇为高兴。他似乎很忧心近年来我毫无创作，每次总是对我说："就算是为了让《文艺春秋》更昌盛，身为作家的你，也有必要写点好文章吧。"对此，我的回答是："不，我不这么想。身为作家的我和身为编辑的我，是两回事。身为编辑，我尚未全力以赴，如果在那方面全力发挥，我想杂志一定会发展得

---

(96) 宇野浩二（1891—1961），小说家，作品多为私小说风格。

六之宫公主

更好。"我没有被芥川的劝告说服，但我想，芥川心里一定是在担心我没有发表任何作品吧。我最感到遗憾的，就是芥川死前，我有一个多月没跟他见面。之前也仅在"文艺春秋座谈会"席上见过两次，但两次都有别人在场，无法好好深谈。

兼之《小学生全集》引发的麻烦，芥川实在是无辜受害，和芥川面对面令我有点尴尬，正好座谈会结束后，我得开车送出席者，因此没有试图制造机会和芥川留下来多聊。但是在万世桥的瓢亭举办座谈会时，当我要上汽车那一刻，他瞄了我一眼，眼中闪着异光。啊，我暗想，芥川想跟我说话，但车已经要启动，只好作罢。芥川不是会在这种时候表露丝毫心愿的人，但他当时的眼神似乎带着想跟我留下谈更多话的渴望。他那种眼神令我很不放心，但前面我也说过，跟芥川面对面会很尴尬，所以当时但凡有事，都是透过别人居中转达。

直到他死后我才知道，他在七月初曾两度造访《文艺春秋》杂志社。两次，我都不在。也是后来我才知道，据说其中一次芥川还茫然在会客室呆坐了半晌。而且，当时没有任何社员通知我芥川来访。芥川来访时如果我不在，翌日我一定会去找他，但压根不知芥川来访的我，忙得分身乏术，终究没有去找他。对于他的死，我个人最遗憾的，就是这件事。事到如今，他在瓢亭前对我投以一瞥的眼神，恐怕会是我终生的悔恨吧。

7

圆紫先生特别提及菊池，令我总觉得怪怪的。侦查自然也越发朝那个方向深入。大正十年的书信中，芥川记载了他赠送著作的作家名单。

菊池宽　久米正雄　里见弴　久保田万太郎　小宫丰隆　斋藤茂吉　岛木赤彦　藤森淳三　冈荣一郎　佐佐木茂索　中村武罗夫　冈本绮堂　薄田泣菫　泷井折柴　与谢野晶子　丰岛与志雄　宇野浩二　江口涣　南部修太郎　加藤武雄　室生犀星　谷崎润一郎

"菊池与久米"，对芥川而言肯定是首先浮现脑海的姓名吧。

另一方面，菊池在大正十四年写了"文坛交友录"这份名册。我在里磐梯的民宿偶然发现的《现代日本小说大系》的月报便有刊载。他举出了五十个人以上的姓名。每个都颇富兴味。如果搜寻菊池的作品全集，想必可以轻易地全部找出。我把头三个人的名字抄下。

如果照颁奖典礼公布前三名的方式自第三名开始宣布，"山本有三[97]，交往七八年。个性规矩刻苦耐

---

(97) 山本有三（1887—1974），小说家、剧作家，标榜人道主义与理想主义。

六之宫公主

劳，紧要关头乐于相助"。第二名是"久米正雄，交往十二三年。两人就像白昼的星子难以相见，却是良友。不过，不能委任大事"。

而排名第一的，当然是："芥川龙之介，交往十年，可托付后事。"

8

芥川在文章中也常提及菊池。包括人物记、菊池的短篇集《心之王国》的跋、《菊池宽全集》的序文，等等。大正八、九年的两篇人物记开头是这样的：

和菊池宽在一起，我从未感到不快，同时也不曾感到无聊。如果对象是菊池，就算整天无所事事想必也不会感到厌倦（不过菊池可能会受不了）。之所以这么说，是因为跟菊池在一起，总让我感到仿佛与大哥在一起。

菊池的生活方式一直很彻底。绝不会拘泥于不上不下之处。只要他认为是对的，他就会努力贯彻到底。他那种信念不仅是合理的，同时也必然带有大量的人情味。这一点令我很尊敬。

若要从比较轻松的文章窥知交友状况，我在《续澄江堂杂记》的最后，发现这么一段记述。那是大正八年（1919），两人去长崎旅行时的逸话。

当时芥川二十八岁，菊池三十一岁，两个年轻人在火车上展开文学论战。

后来我蓦地回神一看，菊池不知何时在两手之间转动着一支妇人用阳伞。我当然立刻说："喂，兄弟。"结果菊池一边苦笑，一边把伞还给旁边的太太。我马上撇开文艺议题，转而攻击菊池的心不在焉。菊池只有这时才肯投降。但要启程去长崎时，我一时大意把雨衣遗落在上野屋。菊池不知有多乐，毫不客气地大笑着说："你也细心不到哪儿去嘛。"

当时的两人，经常同进同出。芥川的信上也频频提到菊池。

说到书信有个好消息。虽然芥川写给菊池的信没有保存下来，但我还是找到了一点资料，不过不是在书信类中找到的，而是收录在芥川全集最后《当时的自己》的别稿。文中表示"自己当时给菊池写过这样的信"，刊登了那封信的颇多内容。

文中的当时，指的是出版《新思潮》之时，菊池人在京都。那也是两人开始交好的时候。

芥川在信中谈论东京帝大的情形，并且认为上田

183

敏(98)已经落伍，还提到夏目漱石散发出的强烈吸引力。并且劝菊池如果来东京的话，一定要去见上一面。"实际上光是为了这点，就值得你专程从京都上来一趟。"

看了这样的"信"，自然更想一睹他平时写给菊池的信函。可惜那已不可能实现。

后来菊池忙于《文艺春秋》的工作，又渐渐成为流行作家。晚年的芥川最亲近的，似乎是画家小穴隆一(99)。他留给孩子们的遗书上写着"要把小穴隆一当成父亲"。

他还将《某阿呆的一生》托付给久米正雄。至于理由，芥川附记"因为我认为你想必比任何人都了解我"。

但是，早在四月便已写成的给菊池的遗书，却内容不明。

9

说到芥川对作家菊池宽的看法，芥川倒是对菊池早期的那些短篇颇为肯定。他肯定的方式是有模式

(98) 上田敏（1874—1916），英文学者、诗人，尤以翻译法国象征派诗作而闻名。
(99) 小穴隆一（1894—1966），西洋画家，芥川的好友，曾替芥川的著作集设计封面，并以芥川为模特作画。

的。"文艺是很广泛的。"他说，"因此，也有菊池该占的一席之地。"换言之是在替菊池辩护。

大正九年的《杂笔》中，他表示菊池的作品虽"粗"但不"俗"，"他自有他的一番成绩，是别具一格的小说"，"那种粗绝非等闲写就的结果"，"若要说到我们对于粗密的喜好，或许不同之处很多。但就纯杂而言，我俩不见得是陌路人"。

意思是说自己和菊池都是"纯"的。

此外，对于与其他作家的比较，他这么表示：

在《文艺一般论》，他说文艺就是"上面以道入[100]的京都乐烧茶杯赋予的情绪为界，下面以'等边三角形顶点的等分线将底边均分为二'的这个认知为界"。"情绪"方面的代表选手，他举出佐藤春夫，而菊池则是"认知"的代表。

还有，我在里磐梯那间民宿对小正说过的。

菊池是"否定"的作家，就这个角度而言，和他成对比的应是武者小路实笃吧。说到这里正巧发现，小林秀雄基于自然主义文学之敌的见地，也把这二人相提并论。

而芥川也在《文艺性，过于文艺性》中，描绘出"武者小路－菊池"这个模式。"武者小路实笃先生算是代表浑然天成的理想主义者。同时，菊池宽先生应

[100]道入（1599—1656），江户初期的陶匠，京都乐烧的第三代传人。

六之宫公主

可代表浑然天成的现实主义者。"这是议论里见弴[101]的文章，他认为里见的地位介于二者之间。

对于他这个论点，想必无人提出异议吧。我也在一瞬间差点点头赞同，但那和我脑中的印象其实不同。现实主义者，应该是认清现实让自己去配合现实才对吧。而菊池，不可能做那种事。他是那种想要一份自己理想中的杂志，就索性创办《文艺春秋》的男人。

菊池曾说，生活重于艺术。这一刻，是菊池败给了现实吗？绝非如此。艺术重于生活，才是包围他的"现实"。正因如此他才会使性子闹别扭。他之所以说出作家不需要天分这种话，想必也是这个原因吧。

他看到了无法忍耐的现象。他看到的"现实"，充满他认定的"虚伪"。而菊池宽天生就是过于愚直的反骨脾气。他是个彻底忠于自己的男人。不过，这里有个问题，光靠否定与拒绝，无法产生创造。

能够产生创造的，应该是孤独吧。

不过，菊池成为出版界的大人物，以记者的身份风靡一时，变成文坛大家。他应该算是创造者吧，应该算是成功者吧。应该有许多好友知己环绕吧。

---

(101) 里见弴（1888—1983），小说家，作家有岛武郎的弟弟，参与《白桦》创刊。

大正九年，芥川写给好友恒藤恭[102]的信中如此说道：

菊池渐渐荒废艺术，打算开起社会主义者的店铺。他本来就是这种人，所以我认为这是无可奈何。但这种无可奈何的意思并非觉得困扰，而是认为事情注定会变成这样。

而这封信同时也是通知好友，他为了纪念菊池，将三月刚出生的孩子"起名为比吕志"。

10

在我调查的过程中出现了一个课题。我有一个疑问。

芥川曾经真心赞誉的菊池的作品，究竟是什么内容呢？芥川是被文章的哪一部分打动？芥川的文章中曾经提到菊池的《忠直卿行状记》《恩仇的彼方》，还有《极乐》等。不过，这些文章都无法令人感到叙述者的热情。那么，简单地说一句"没有"令芥川打从心底被感动的作品，就能了事了吗？翻阅着《芥川龙

---

[102] 恒藤恭（1888—1967），日本法学者，在第一高等学校就读的时候便与菊池、芥川等人结识。

六之宫公主

之介全集》，我渐渐开始产生这种念头。

没想到，居然还真的找到了。大正八年九月二十二日，芥川自田端寄给菅忠雄[103]的信上面有这么一句：

菊池刊登在中央公论的单幕剧作，我认为非常好，您觉得如何？

芥川虽然向来细心体贴，但这并非直接对当事人说的，而是向第三者表示"非常好"，这可是破格的好评。

菊池在那年九月发表在《中央公论》上的剧作是《顺序》。芥川如果真的那么感动，肯定会写信给菊池，没保存下来实在很可惜。不管怎样，总之我认为非找来看看不可。可惜一般文学全集没有收录，只好趁着去国会图书馆时，找找看《菊池宽全集》了。

不过，没能立刻看到还是会不满足。于是，我把文艺春秋《现代日本文学馆》中菊池的短篇作品又重读了一遍。巧妙，巧妙。芥川的"粗"这个形容词犹在脑中，因此格外有这种感觉。

文章一开始就点出主题，行文简单明了，这向来被视为菊池的致命缺点。想必是因为单凭一加一无法

_____

(103) 菅忠雄（1899—1942），小说家、编辑。

构成小说吧。

据说松尾芭蕉曾说"巨细道尽有何用"。巨细靡遗地通通说完了又能怎样？其实这不仅限于俳句。这句话令人只能点头附和。若是写论文，的确需要详尽说明。但是，小说的价值不在那里。

高中上课时，老师曾说过这么一段逸话：作品艰深难解的某作家，被人质问他的戏剧"究竟想表达什么"，他的回答是"我也不知道"。

大概是觉得对方问得愚蠢，所以随口敷衍吧。不过同时，也表明这并非能够清楚说明的事。假设能够说明，应该也不错吧。然而，那也只不过是"说明"，第二次被问起时不见得会有同样的回答，更不可能成为对每位观众而言的"标准答案"。

否则，以评论为名的创作，岂不是派不上用场了。

如果作者一再进行所谓"说明"的减法运算，使得舞台上不留任何东西，又或者早早便连这种关于"说明"的减法都无法再用，那么照在舞台上的灯光恐怕只是在浪费电费罢了。

在小说中，读者是观众也是导演，同时也是演员。有一百个读者想必就会产生一百种戏剧。这和数学算式不同，小说，不会给每个人同样的解答。

我如此深信。

那么，说到菊池的作品，的确有些地方像是从正面大刺刺地发表演讲（这是就姿态而言）。如果借用

六之宫公主

芥川的话，或许接近"等边三角形顶点的等分线将底边均分为二"。不过，我忍不住拍膝大叹巧妙啊巧妙。我并未摇头大叹浅薄啊浅薄。我不认为自己感想有误。那么，其中必然有什么缘由。令我这么想的，是菊池强烈的个性。

这本书，除了文艺春秋版的评传也有解说，撰写人是短篇名家，是也在菊池手下做过编辑的永井龙男(104)。他不可能没有参与作品挑选的工作。高中时我没注意，但是现在已知道菊池的"代表作"是什么。所以光看目录，就明白这本书的特色。自小说一开始，劈头放的就是《忠直卿行状记》与《恩仇的彼方》。接着是他的第一篇小说《自杀救助业》（说到这里，菊池还有别的作品也是写投水自杀）。之后，按照年代顺序排列的方式，毋宁是平凡的，但其中收录了《胜负事》和《乱世》应是因为永井别具慧眼。我心服口服。说到巧妙，比方说《乱世》，就是一篇极具巧致的作品。

这么重读此书，猜测《顺序》到底是哪里打动了芥川，越发令我兴奋期待。

---

(104) 永井龙男（1904—1990），小说家、编辑，擅写人情机微的短篇，也因短篇小说得到菊池的赏识，加入文艺春秋工作二十年。

第七章

1

翌日，我上午就去三崎书房工作。

娃娃脸的饭山先生正在调侃臭着脸的榊原先生。

"昨天又烂醉如泥啊。"

既然知道，可见告发者本人也一同去喝酒了吧。

之所以这么说，是因为榊原先生的外表一如往常，眼神依然尖锐。我实在看不出有哪一点像是烂醉如泥。

他懒洋洋地倚在椅上，不耐烦地挑起一边的眉毛。

"干吗，那又怎样？"

"夏天的晚上，总会忍不住喝到太晚对吧？"

"那是你自己吧。我可不会因为天气的冷热，就软弱得浑身软趴趴的。"

"可是，只要烂醉过一次，据说脑细胞就会死很多。"

　　　　　　　　　　　六之宫公主

说着，饭山先生还努力屈指在算。被说的人当然提出疑问："慢着，脑细胞到底有多少个？"

于是百科全书被翻出来，接着连计算器也搬出场。算的是要醉几次，才会喝到挂掉。

"搞什么？那样，我的脑细胞岂不是早就死光了吗？"榊原先生愤然说道。

我不假思索地说："跟蜜蜂一样呢。"

"什么意思？"

"没有啦，听说有些蜜蜂如果就翅膀和身体的大小比例来看，理论上应该飞不起来，可是还能照样飞。"

"……"

"这是生物的惊人之处。"

榊原先生抄起附近桌上的运动小报缓缓卷起，朝我的头上砰地打下。饭山先生咧开肉嘟嘟的脸颊："啊，被蜜蜂叮到了。"

午餐送来，我去茶水间泡茶，结果饭山先生也随后跟来。他就是我跟小正提过的那位纸上驾照先生。算算年纪也快三十了，却是三崎书房唯一一个未婚男性。

榊原先生说过的话固然也有影响，不过在身边相处久了，自然就会渐渐发现饭山先生的温和人品。

"那个，你听古典乐吗？"

"……呃，我是音痴，不过还蛮喜欢的。"连我自己都觉得，这个回答不干不脆。

"九月初，有柏辽兹的音乐会，我买了票，可是抽不出空去。"

他说届时不巧要出差。没听到这句话之前，我还以为我好歹是未婚女生，所以他想找我约会咧。

"一张票吗？"

"嗯，一张，一张。"

如果能约小正一起去是最好，可惜只有一张票，那就没办法了。

"是什么曲目？"

"噢，《安魂曲》。"

没听过。我只参加过几次演奏会。就眼前情势看来，应该只能说是占点便宜，还不到让我食指大动的地步。如果是乐迷的话，应该一开始就问，我却反而拖到最后："谁演奏？"

我看过两篇散文，里面描述类似听唱片时觉得是刻骨铭心的曲子，在别人的指挥下，却一听就大叫"不对不对"。这两篇文章指的恰巧都是唱片《命运交响曲》，因此给我的印象特别深刻。

演奏者不同，足以令曲子的感受截然不同。想必许多人都有这种经验吧。我当然也有（但是若因此就完全不接受别人的诠释未免可惜。听过别的，或许会更懂得自己喜欢的演奏好在哪里）。

说这种话好像很自大，但以我的情况，我是在迷上落语后，才头一次有这种切身感受。电视的节目预告，有时只写出演出戏码。这样毫无意义。举例来说，我要听的不是《六尺棒》，而是"圆紫先生表演的《六尺棒》"。节目预告如果没空间，只要先写出表演者是谁就行了。关于这方面的默契，我想音乐和戏剧应该是同样的道理吧。

饭山先生回答："是殷巴尔指挥的东京都立交响乐团。"

嗯……没什么感觉。

2

一旦拿人薪水，便不可能全凭我的方便行事。今天本该提早结束工作，可是偏偏被一些附带工作拖拖拉拉地耽搁了。

傍晚，天城小姐自外归来。

她拎着皮包，抱着纸袋，走进我这间塞满复印机、传真机之类杂物的工作间。她大概是急着拿复印稿。今天天城小姐穿着一袭紫蓝底色缀满细碎图案的漂亮衬衫。

"哎呀，你很急吗？"

"啊？"

"我看你一直注意时间。"

我把复印机让给天城小姐，自己往后退，一边看手表，一边暗忖"去国会图书馆，恐怕已经来不及了吧"。

　　"其实，的确有点事……"

　　"有约会？"

　　"不，不是那种事。是为了芥川龙之介。"我把芥川对于菊池的《顺序》说出"非常好"的评语，以及想查阅这出舞台剧内容的事说出来，"所以我本来想，如果方便的话，顺便去国会图书馆一趟。"

　　复印机在操作。天城小姐把脸转向我，细框眼镜后方的眼睛看起来很可爱。对一个比我年长而且又工作干练的人用这种形容词或许不恰当，但这是真的。这双眼睛，对于认真看着天城小姐的人来说想必是最有魅力之处。天城小姐眨动那双眼睛。

　　"其实你根本用不着那样做。"我愕然张口。天城小姐继续说："如果要找菊池宽的剧作集，我们楼上资料室就有。三崎新书系列出版剧本时用过。等我这边的工作告一段落，我去帮你找。"

　　这正是所谓的丈八灯台照远不照近，天降及时雨。我当然是双手合十感谢咯。

　　天城小姐插队复印完毕后，就这么走出房间。我在有点泛黄的奶油色墙壁环绕下，继续单调的劳动。六点过后，我一一检查完毕，终于完成今日的进度。我抱着成沓的纸张回编辑室。

天城小姐披着挡空调冷气的白夹克，正在她自己的位子上看东西。她的装扮洗练，不管做什么，总带有一丝的英气飒爽。至少在我眼中，她是这样的人。

桌面宛如纽约高楼群的谷间，只露出少许空间。形成高楼林立的，当然是书堆。她趴在那勉强空出少许的桌面上，正在看书。

"我做完了。"

我出声说。天城小姐抬起严肃的脸，顿了一下才回答"辛苦了"。我把书本、样稿和复印稿，各自放在该放的地方。

天城小姐等我弄完，立刻靠过来。

"我看了。"

然后，她把《菊池宽文学全集（第一卷）》这本黑色的书交给我。

"怎么样？"

她说："不好。"

"是吗？"

"很失望？"

"对，有一点。"

"不过，听到我说不好，你都不会产生疑问？"

"啊，对哦。"

芥川学贯古今东西。据说谷崎润一郎曾写了"犯罪者自己以第一人称故作无辜地开始叙述，最后才揭晓自己就是犯人"这样的作品，结果芥川批评说"意大利早就有这种东西"。这可不是开玩笑的。芥川怎么会连这种事都知道!

总之他博览群书,那不仅是知识丰富,想必也令身为鉴赏者的他颇有个人主见。这样的人,对于天城小姐不屑一顾、直言"不好"的作品,怎会偏偏说出"非常好"呢?

记得有一次看芥川的杂文,他特地介绍诗人池西言水[105]的诗句"被蚊柱当成基座的乃弃儿乎",将其评为"深得鬼趣[106]之句"。那时我念初中,心地还很柔嫩,震惊之下不由得合起书本。事后想想,除了诗句本身,对于介绍这种诗句的芥川,我肯定也感受到了"鬼趣"。

这正是他这种人的"选择"。

这时,天城小姐依旧板着脸,说出不可思议的话:"你正在调查芥川是吧? 那么——"

3

芥川后期一直很害怕自己会精神失常。还有,他记忆中的母亲总是默默坐在昏暗的室内用长烟管抽烟。如果有小孩缠着她闹,她就会在折成四折的废纸

---

(105) 池西言水（1650—1722）,俳句诗人。
(106) 指文艺作品具有阴森、怪诞或超自然的风格和趣味。

上画图给孩子看，只是她画中的每一个人都有一张狐狸脸——这些事你知道吗？天城小姐问。

我点点头。于是，天城小姐把黑色书本借给我。

这个时间不会再有客人上门。所以我打声招呼，走进第一会客室，坐在大大的长椅上开始看《顺序》。

看着看着，我渐渐明白天城小姐的话中之意。

幕启，是个没落士族之家。长男一郎因为发狂被软禁在家中。三男阿丰很用功，次男二郎却花天酒地，把剩余的微薄家产挥霍殆尽。阿丰谴责他，他却说自己的浪荡游乐是有原因的。

你忘了吗？木工来做大哥的牢房时说过，那个房间本来就有加装过栏杆的痕迹。

悚然一动的眼睛，死盯着书页左上方"顺序"这两个字。

一切毋庸多言。把二郎逼向恐惧与焦躁深渊的，就是"顺序"的预感。最后一郎拿花剪戳喉自杀。阿丰怀疑是某人给他剪刀。二郎谢幕的台词是"位置空出来了"。

如果光看情节发展大概会觉得是给人留下强烈印象的作品吧。但是，不好。最重要的是不适合舞台剧的形态。但是，这个"顺序"打动了芥川。

菊池后来主张，作品除了艺术上的价值之外，也

198

有题材的价值、内容的价值，因此与里见发生争论。但就这出舞台剧而言，在论及作品本身的完成度之前，芥川的确已先被题材本身打动了吧。

说到大正八年，正是芥川离开海军机关学校，与好友菊池一起加入大阪每日新闻报社工作的那年。他怀抱着专心投入文坛的决心与自信，意气轩昂，势如日出东山。想到这里，"非常好"这句话就如同当作人生伏笔所放置的小石子，渐渐渗出惨淡的味道。

回到编辑室，我对天城小姐说："我懂了。"天城小姐点点头："事情就是那样。"

"是。"

她说另外还有别本书可供参考，说着把永井龙男写的《菊池宽》递给我。我决定和全集第一卷的剧作集一起借走。

天城小姐还要继续工作。我向她说再见，她微微侧着脑袋说："我觉得那出戏应该写成小说比较好。"

"我也这么认为。"

我俩意见一致。

4

至此，我很想好好再多研究一下菊池。菊池这个作家给人充满执拗否定的感觉。换言之，非常不健

199

康,但这种印象究竟是打哪儿来的呢?

神田街上打烊的时间特别早,旧书店已经关门了。我冲进专卖文学资料的书店。在按照姓名五十音的顺序排列的书架找"Ki"那一区。

我找到改造社出版的《菊池宽全集》第三卷。版本大如美术书籍。单是一册就很沉重。一看目录,第三卷是短篇集。大约收录了近百篇作品。我寻找有无轻便好携带的参考书,结果就在附近找到了佐藤碧子的《人间·菊池宽》这本书。

钱,我靠打工赚了不少。幸好我是个从来不把钱花在衣食住上,很好打发的女子。人若是只赚不花,钱包就只能随骨灰坛一起埋在地下。所以两册我都买了。

我一边留神打烊时间,一边快速扫货。书本太大,光是搬运就是一桩苦事。我只好在肩背包之外另拎一个纸袋。

我迫不及待地在回程电车上就开始阅读。

自少年时代到学生时代,描述菊池肮脏的故事不胜枚举。他不上澡堂洗澡,衣服沾满污垢,房间到处是灰尘,连饭团都随手塞进口袋。那种异常邋遢的德行,据说在乡里之间也很出名。

菊池本人就是出自《顺序》中那种贫穷的士族家庭,因此无法有光鲜的外表。不过即便如此,他未免也太彻底了。天性如此自不用说,但我觉得他似乎从小就刻意让自己不去在意外界眼光。也许是夹在自尊与贫困之间，只能在内心保有自己的世界吧。

此外，他对容貌似乎也有很强的自卑感，所以或许是一种反弹下的自我主张，因此觉得男子汉大丈夫怎能对外貌耿耿于怀呢。

话说，我借了剧作集回来，但说到菊池的剧作立刻反射性想到的是《父亲归来》。我没看过，也没听说在哪儿上演过。但是，那的确是有段时期一演再演的作品。

三崎书房的书中，夹有从《菊池宽文学全集》另一卷复印下来谈论《父亲归来》的文章。这倒是省事不少。

据说久米正雄某次看过公演后表示："喂，你的《父亲归来》已成了古典呢。"菊池写道："因《父亲归来》，我多少有了自信。""十年、二十年之后一定还会留着。至少，在我的作品中，应该会是最后消失的吧。我并不相信未来的时代，如果我的作品能有十年寿命，那就已经足够了。"

由此可看出当时《父亲归来》的地位。

但我最感兴趣的，是菊池说过的话。他说这出舞台剧在自己的作品中"是最能看出我过去生活的作品"。

菊池在剧中讨论的是贫穷。他指的是那个吗？那么再次归来的"父亲"指的又是谁呢？剧中归来的

　　　　　　　　　　　六之宫公主

"父亲"，是个梦想一掷千金、投资各种事业的男人，最后搞得债台高筑，索性抛家弃子一走了之。走时还带着情妇，甚至存款簿。

剩下一家人企图投水自杀（这里又出现投水自杀）却没死成，从此在贫困的底层苟延残喘，勉强维持生活。长子贤一郎尤其辛苦，就在家境随着孩子们长大成人逐渐好转之际，"父亲归来"了。

母亲和弟弟妹妹有意接纳父亲。但是，贤一郎拒绝。于是父亲脚步踉跄地离去。"贤一郎！""哥哥！"这是母亲与妹妹的呼声。在紧张的沉默后，主角终于高喊："阿新！去把爸爸叫回来！"

出门找父亲的新二郎没找到人，空手而返。贤一郎立刻站起来。"找不到？怎么可能找不到！"然后和弟弟一起发疯似的跑出去。幕落。

菊池谈到《父亲归来》头一次正式"问世"时的情景。

那是大正十年十月二十五日，和芥川等人一同观赏的菊池在落幕的同时，陷入友人们赞美的包围中。"正因为这些人平时从来不客套，所以我更加喜不自胜。在我的执笔生涯中，可以说再没有比这天晚上更充满感激、充满身为作家的欢喜。"

在这群友人之中有江口涣。我家有他写的那本《吾辈文学半生记》，所以我以前就看过。这一幕，众人联袂观赏《父亲归来》在新富座戏院公演的情景令人难忘。

一回到家，我立刻把书翻出来。

幕落后灯光啪地亮起。转头看邻座的芥川，芥川正频频用手帕擦眼睛。久米的脸颊上也有泪水不停流下。小岛政二郎[107]和佐佐木茂索[108]也两眼通红。抹着泪水站起的我，转头看坐在我后排的菊池。那一瞬间，我看到意外的情景，不禁令我涌起新的感动。连作者菊池宽自己都在哭。菊池宽盘腿而坐，半晌不肯起身。不停溢出的泪水，沿着他的脸颊滑落。但是，他连擦也不擦。而且，一直低着头，不停地眨眼。

"我一直忍着叫自己不要哭不要哭，可是还是哭出来了。"小岛政二郎略带羞赧的这句话，从靠近走廊门口的那头传来。这时我在菊池宽的脸上，清楚看到过去从未见过的悲痛表情。而且，舞台上由猿之助扮演的兄长，和现在在眼前拭泪的菊池宽，不知为何好像变成同一个人。"对了，那个贤一郎也许就是菊池宽自己吧。"当我这么想的瞬间，心口再次涨得满满的，又流出新的泪水。

---

(107) 小岛政二郎（1894—1994），小说家、随笔家，教书之余也协助编辑铃木三重吉的《赤鸟》，经常出入芥川家，因此在耳濡目染下也开始创作，著有《芥川龙之介》这本取材自文坛的小说。
(108) 佐佐木茂索（1894—1966），小说家、编辑，师从芥川，曾任文艺春秋新社社长。

　　　　　　　　　　　　六之宫公主

在主角身上看到作者的影子，这应是理所当然的感想吧。这种情况下，那显然是正确的。

不过，那并非关于贫穷这种考验的感想。若只是那样，未免太浅薄。既是"父亲归来"，问题显然还是出在"父亲"身上。

因为，看了这样的台词，会觉得喉头仿佛抵着利刃。

"就算我有父亲，那也是从小便一直折磨我的敌人。"

5

菊池的父亲其实并没有抛家弃子。但是，据说他有个离家出走的叔父。当然，我们不能因此就轻易做出"父亲"就是叔父的结论。

永井龙男说："菊池宽有些地方会让人感到，他对父亲好像没有什么深厚的感情。"说法非常迂回含蓄。如果就《半自叙传》开头关于父亲的记述看来，会是怎样的呢？

"记得父亲曾说'没见过比你相貌更老成古怪的孩子'，令我很不愉快。"

"我以前写过类似日记或练习作文的本子。""被父亲发现后，居然拿去当作家中书画信函裱褙时的衬底纸。"

"父亲懒得替我买教科书，命我手抄内容。"

"我哭着恳求父亲让我参加校外教学旅行，父亲不耐烦地睡了。即使他睡了，我仍不断苦苦哀求，最后父亲猛然从被窝坐起，说出'你不要光恨我一个人，要恨就恨你哥！家里的公债，全都花在你哥身上了！'之类的话。"

"我，从不知何谓父爱。"

"失了面子的父亲，暴怒如火，逮住站在玄关的我就是一顿臭打。"

"回家时，父亲又拿烟管打我。'你敢去偷东西！臭小子！你敢给我偷东西！'"

"记得我中学二年级时，父亲命我报考师范学校。我不肯，与父亲发生争执，被父亲从檐廊推落院中。"

已经足够了吧。

如此说来，撇开离家出走云云不论，"父亲"果然影射的是那个从未给过他家庭温暖的父亲本人吗？

但是这里，如果仔细重读《〈父亲归来〉其事》，还可以窥见另一个人物的影子。那个离家出走的叔父，在菊池家被视为早已死亡，还把照片放在了佛坛上。"那是已褪成茶褐色的照片，那长发的面貌，和

205

我二哥一模一样"。以及，"我把二哥的事写在小说《肉亲》中。如果二哥再大胆一点，也许会跟这个叔父一样落得离家出走的命运。"

这真是个令人好奇的人物。

《半自叙传》也提到了这位二哥。一再留级遭到中学逐出的兄长，对升级的弟弟说："一年级或许好混，但二年级还会容你这么顺利吗？"

我心头一寒。那么，菊池提到的短篇《肉亲》到底是怎么写的呢？

"我是个在近亲身上感受不到太多亲情的人。"以这句话开始的作品中，描述二哥始终没有正式工作，而且个性胆怯。菊池甚至直接写出他讨厌二哥。大正八年，菊池接获这位兄长病危的电报。"想到他成天赖在贫穷的长兄家中无所事事""我认为他死得正是时候"。他只寄了钱回去。

收到死讯时，菊池"和来访的年轻朋友正在玩一种扑克牌游戏，对电报投以一瞥后，又若无其事地继续沉迷在游戏中"。

菊池说，这个专爱惹麻烦的哥哥（不，或许正因为是个惹祸精）在众兄弟中反而最得母亲宠爱。

父亲提及的耗尽公债的兄长，似乎不是此人。大概是《肉亲》里"年轻时，略曾游荡"的长兄。菊池对这位长兄似乎也没有什么手足之情。

关于他对长兄的具体回忆，《半自叙传》中提到的故事如下。菊池当时被推荐就读免学费的高等师范学校，但是由于态度恶劣遭到校方开除。父亲和兄长虽然"没有多说什么，但接下来连着有两三天，当大哥与二哥在下将棋时，我如果在旁指点大哥，他就会生气地说'被你这么一插话，我都没法下棋了'，还狠狠打我的手"。菊池一直没忘记此事。

读来实在令人感到惨淡，但是菊池说，其实"感情并不算坏"。"要说是关系亲密，会令人莫名羞赧或者尴尬，因此不知不觉中，也就逐渐疏远了。"

不过总之，事情不只是父亲的问题。同时，也不仅是父亲与兄长的问题。我想到他口中"非常疼爱我"的母亲，不知菊池是否曾在别处提及。幸好，日本有私小说的传统。我搜寻短篇集的目录。改造社的版本分为现代小说与历史小说。前者共约八十篇，我在其中试着寻找相关标题的作品。

有一个短篇名为《不孝》。菊池在文中说道，"对于父母，我想恐怕再没有比我更冷酷的人"。这里的"父母"，也包含了母亲。得知母亲病危，乃至接获死讯，菊池都只寄钱回去，没有返家。

如此说来，离家出走的，对菊池来说其实是"整个家庭本身"吧？这么一想，菊池似乎真的与流泪的贤一郎合而为一了。

207　　　　　　　　　　　　　　　　六之宫公主

6

暗淡的家族群像以最无药可救的形式结合，构成的就是怨恨与复仇的故事《义民甚兵卫》。即便放眼日本的恐怖小说，这应该也算是格外惊悚战栗的一篇吧。

我之所以对这篇作品感兴趣，同样是因为芥川说的话。芥川在《小说的戏曲化》中举出菊池曾将小说《义民甚兵卫》改写成剧本，"这样做难道不会招来把隔夜的生鱼片，做成醋味噌凉拌鱼片之讥吗？至少，这就像本该做成醋味噌凉拌鱼片，却不小心做成生鱼片一样启人疑窦"（其实接下来又补了一句"这么想也不是不可能"。这点倒是颇像他的作风）。

芥川指出的问题很明确。作品要求的形态只有一种，小说就是小说，戏剧就是戏剧。如果按照福楼拜的说法，即便是区区一个小事物，在这世上也只有一种说法足以明确地表现。表现是透过不可动摇的必然而达成的，更何况是作品整体的形态。

我认为这个看法很正确。《父亲归来》正因为是戏剧，才能在舞台上鲜活生动，打动芥川他们。

但是这个正确看法不能套用在《义民甚兵卫》上。因为在这个情况下，小说与同名戏作是截然不同的两码事。菊池在这里，像Tsuka Kouhei[109]一样，利用形式的变换创作出不同的作品。的确就算不是芥

---

[109] 本名金峰雄（1948—2010），剧作家、小说家、导演，在学期间编写剧本掀起话题，后来创立剧团。

川也想批评几句。因为后来改写出的戏剧成果，明显差了一截。不过，这并非将同一个故事说两次。

小说远远来得犀利多了。

《义民甚兵卫》的内容是说天生不良于行的甚兵卫，被继母和同父异母的弟弟们欺负得很惨。父亲生性懦弱，无法保护自己的儿子，使他像奴隶一样做苦工，换来的却是给猫狗吃的残羹剩饭。如果他抱怨不公，便会遭到拳打脚踢和痛骂。"虽然生而为人，处境却不如牛马。他比牛马更受尽折磨。对继母和弟弟的愤恨，虽刻骨铭心，却毫无办法。"等到父亲死后，连家产也被弟弟夺走了。

当地闹饥荒发生民变时，继母逼迫甚兵卫也去参加。之后民变终了，官府要追究向郡奉行官扔石头的闹事者。当然没有人会主动出面认罪接受磔刑[110]。"难道没有人愿意拯救全村的大难吗？"村长的声音充满悲痛。换来的是可怕的沉默。

这时，仿佛黑暗的意志本身，从檐廊爬上来的甚兵卫高声呐喊。在这篇小说中，这是他唯一的台词。"有的！有的！我愿意出面认罪！是我扔的石头！"

群众的声音"不知该说是欢呼还是悲鸣"。"你瞎说什么！别胡说八道！"他的弟弟尖叫。

罪及一族。行刑当日，甚兵卫看着逐一遭到斩首

---

(110) 日本的磔刑是将罪犯绑在柱子上用长枪戳身公开处以死刑。

的母亲与弟弟们，"无法制止地"大笑。

"义民甚兵卫之碑，至今仍耸立在香东川畔"。文章最后冷然抛出的这一句，令人不寒而栗。

相较之下，剧作中的甚兵卫是个饶舌的男人。这边的主角，等于是《屋顶狂人》[111]的延续。换言之是个神圣的愚者，性情截然不同，结果沦为宛如有双重焦点的奇妙替代品。今日应该不可能再有上演的机会，也完全没那个必要。

菊池在小说中，描写出一家人住在同一个屋檐下的内心炼狱。这种晦暗并非出自作者的聪明才智。

二哥死去的那年秋天，面对返乡的菊池，母亲本来很想谈论死者。菊池却努力回避。因为听了只会更忧郁。然而，母亲执拗地说："良平比任何人都喜欢提起你的名字。他死前，还一直嚷着你那本《我鬼》怎么还没出版，一直在翘首期盼着呢。"

——我鬼。

7

菊池说："所谓的兄长，对我来说不过是无法回避的现实之一。"

---

[111] 菊池宽的戏作，于1916年发表，以狂人或许比较幸福为主题，叙写对人生的怀疑与讽刺。

对菊池而言，家庭并非应有的现实，而是该抗拒之物。不过，正因如此，想必他也对家庭有所渴求吧。

少年菊池宽。你满怀饥渴，所以阅读。你为高松图书馆的开馆而欢喜，天天报到。也开始懂得用功念书，在学校也变得名列前茅。因为你别无选择，对吧，菊池君。

这样的他，在自己也成为父亲后对孩子百般溺爱，说来也是理所当然的。

时光荏苒，到了昭和七年，在新富座戏院那场公演已过去十几年后，佐藤碧子在《人间·菊池宽》中描写了菊池观赏《父亲归来》时的模样。

这位作者是菊池的女秘书，也是菊池爱过的女人。

这时菊池已经成为超级有名的名人，而芥川过世已有五年。一切，都变得任谁也无法想象。年轻时曾在友人环绕下一同观赏的那出舞台剧，现在，事业有成的菊池宽，带着一位与他世代相异、年纪几乎可当他女儿的女性，戴着口罩去观赏。作者以第一人称"碧"书写。

从晚翠轩送走竹久千惠子后，老师忽然说，想去看一下正在歌舞伎座上演的《父亲归来》。现在过去时间刚好，兴致来时如果不去看，想必会再也看不成吧。

等我们戴着口罩买了站票，走楼梯爬上三楼时，

211

老师已气喘如牛。其实老师在楼下就算什么也没吩咐，只要露个脸，一定会有人替老师腾出位子，行事低调的老师这种严谨作风，令碧叹服不已。

我们站在三楼后排的站票区，倚着黄铜栏杆，舞台在遥远明亮的下方。

剧情来到最后高潮时，老师把大脑袋埋在扶着栏杆的手上。我担心他是不是身体不舒服，凑近一看，只听见令人浑身紧绷的呜咽声。原来老师是在哭。

挑高、黑暗的三楼站票区的呜咽，想来简直荒凉得无药可救。遥远、明亮的舞台上，贤一郎必然正在呐喊吧。

——阿新！快去把爸爸叫回来！

8

我倏然叹了一口气，走向厨房。赫然回神，院中已有虫鸣。

我倒了一杯冰茶喝。

喝干的空杯中，冰块咔啦作响。

第八章

1

就这样，自八月中旬至下旬，我整日不是准备毕业论文、打工，就是埋头阅读菊池，一直处于这种状态。

菊池的短篇集是现代作品，排在前头，所以我先从那个部分读起。

第一篇是《自杀救助业》。故事说的是一个在京都运河区沿岸经营小店的老妇。运河区是出了名的自杀地点，因此她看过许多人在眼前死去。老妇心有不忍，决定出手相助。她一伸出竹竿，本该死意坚决的男女竟拼命抓着竹竿不放。但那些人即使获救了，也没感谢她，反倒投以怀恨的眼神。老妇得到奖金，善事做多了，救人的方法也越来越熟练高明，就是这么一则讽刺的短篇。

前面也提过，无论是这篇，或是被川端康成誉为"早期名作""对于溺死者的冷酷描写，令人想到志贺

213

直哉的小品，反有一种鲜活的温暖"的《嗤笑死者》，都是以投水自杀为题材。

后者是根据实际经验写成，前者想必也有过类似的事件发生吧。"自杀救助业"这种"职业"固然奇特，但正因如此，反倒让人感觉或许这并非无中生有的故事。

在这种情况下，再看他后来的作品《姐姐的备忘录》，竟也出现住在京都的"我"走在运河区旁，正巧撞见有人跳水自杀的情节。这时，正是那位"老妇"从"桥边的茶店"手持长竿冲了出来。"我"和"老妇"于是一同"救助自杀者"。

书写手法很像真有其事的报道文学。

跳水者的眼前忽然出现救命的长竿。"即便已下定决心自杀，在这种情况下，还是会出于本能渴望活下去"，这就是人性。菊池的这种看法，的确令人心有戚戚焉。

等看完现代作品再接触历史作品时，我已忘了那桩悬案《六之宫公主》。

这是短篇集，所以我想搁着慢慢看没关系。或许就是出于这个缘故，等我看到全开本的第四百七十页时，早已过了立秋。

残暑虽然酷热，但不时也有凉风吹拂。听着阵容越来越庞大的虫鸣合唱队，我看着那一页中段《吊颈上人》这个异样的标题。故事，是这么开始的：

小原的光明院，住着寂真法师这位上人。

上人心爱的娈童死了。深感无常的上人"在三七二十一天之间保持沉默，期满结愿的最后那日上吊，企图往生"。

看到"往生"这个字眼，心头好像有什么闪过。但我还是继续读下去。

然后。

在黑暗底层的某处，有狗在叫。

看完小说的我，被那刺耳的声音拉回现实。邻居养的狗，大概是被什么给吓到了吧。

已过深夜十二点。白天听不见的车站广播，随着晚风断续飘来，还有车轮划破夜色前进的细微声响。

我从椅子上站起，心想"就是这个"。

这本沉重的书，改造社出版的《菊池宽全集》，没有载明作品发表日期和出处。我取出文艺春秋出版的《现代日本文学馆》查阅。

《吊颈上人》大正十一年七月刊于《改造》

没错。为了谨慎起见，我又翻开手边芥川的作品确认。

《六之宫公主》大正十一年八月刊于《表现》

2

我有点兴奋。《六之宫公主》的由来，这下子终于水落石出。

这时我想起一件事。永井龙男写的《菊池宽》中，很巧地引用了《吊颈上人》创作时的故事。"记得是大正十一年的夏天吧，菊池忽然来我家玩。"写这段话的是山本有三。

可是即使在聊天当中，菊池也一直坐立不安。他向来没规矩，所以山本也没太在意。最后，菊池说："我在明天之前，一定得写点东西出来，可是我没东西可写，正在伤脑筋。"于是，山本就把自己看过的古典故事说给他听。说到《吊颈上人》这个故事时，"这玩意儿挺有意思的，出自何处？""是《沙石集》(112)。""那本书，你有吗？借我。"翌日傍晚，菊池来还书，还说："喂，我写了那个故事哦。"

山本说，菊池下笔之神速令人惊讶。

菊池描写的吊颈上人，往生的强烈意志被人知道后深受崇敬。起初他很高兴受人膜拜。他心如止

---

(112) 镰仓时代的佛教说话集，共十卷，无住道晓编纂。内容除了灵验谈、高僧传，也包括文艺谈与笑话。

水。然而，随着自己定下的死期逐渐接近，他开始反悔了，而闻讯赶来参拜的男女老幼与日俱增。"如今犹如集数万数千人之力，按着吾之肩与腰，齐声催促'去死吧、去死吧'，看到此等情形，吾不禁恐惧死亡，为之头晕目眩。"

随着故事的进行，菊池让上人萌生想活下去的期待，但一再让机会落空。他的笔法冷静透彻。

终于，那天来临了。清晨的梦中，上人竟看到自己在迟疑不决中死去因而坠入地狱的狼狈模样。

过了中午，群众开始冒出催促声。某个一直嫉妒上人好名声的僧人，认为这正是扯他后腿的好机会，于是假意劝他别再保持沉默，不如在最后说几句话，以免留下遗憾。上人很高兴，遂坦白说出心情的挣扎，没想到连弟子都高声责骂他。

"眼下万事休矣……"上人如此感到。

于是他冲水净身，更衣，来到树下，但他开始手脚发抖。于是，有人上前协助他自杀。"年迈的法师，被人按住手，压着腿，浑身哆嗦地往树上爬，不仅毫无极乐往生的尊贵姿态，反倒似与阎魔地府之罪人在牛头马面的追赶下，被逼上刀山剑树的姿态无异。"

看热闹的群众很失望。而且，上人只顾着沉思，压根不肯开始进行他们等待的事。于是群众暴怒，破口大骂。

六之宫公主

青侍[(113)]们的谩骂，令上人越发胆怯，拿绳子的手颤抖不已。见其迟迟不肯上吊，群众开始鼓噪。上人看似惊慌失措，还不及将脖子套进绳圈，便两脚一蹬，结果颈子没勒住，就这么笔直地摔到地上。

群众哄然大笑。再看他久久未起身，约莫是坠地之时撞到要害，竟然就此气绝身亡。

群众之鼓噪声，久久不绝。

这是个小人物的残酷死亡。但是，菊池断然拒绝那个苛酷的现实。他不论有无，径自将读者拖进他的结局。

在不绝于耳的嘲笑声中，逐渐西沉的落日，似乎微放光明，霎时只见夕照红云，开始放出紫光，天空之中，隐约传来仙音妙乐。继而，本来宛如青蛙瘫软在地的上人身体，开始散发出阵阵异香。那股香味弥漫在群众之间，证明他已毋庸置疑地前往极乐世界。众人再也不敢嘲笑，称颂其名的声响，不绝于耳，几乎撼动大地。

这果然是只有菊池宽才写得出来的结局。我感到一种复杂的感动。

---

(113) 任职于贵族、公家机关的武士。

3

不过就常识判断，这种结局不可能收进古典文学。更何况根据我模糊的记忆，《沙石集》应该是佛教话本。如此说来，原本应该是一则往生失败谈才对吧。文中采用古文笔调，肯定是菊池坚持应该以此书写原典的强烈自我主张。

我去父亲的书架，搜寻那本《沙石集》。因为我没有古典大系丛书。四处翻了半天，终于找到旧的岩波文库版。翻到封底那页，只见铅笔写着"五十"。五十日元。这是父亲自旧书店购得的书。

我咚咚咚地踩着楼梯冲回二楼，这次一屁股坐在坐垫上，翻开比现行版本略大的文库本。

第四卷第六篇就是《吊颈上人其事》。山本有三对于这篇作品的评论是："加入所谓的娈童，形式变得比原作稍显复杂，并且也加入了菊池式的看法。"的确有那种感觉。

上人死亡的那一幕，"随着时间拖久了，众人的鼓噪，令上人也无言以对。于是净身更衣在寺前榎木挂上绳子，吊颈赴死。"如此淡淡描述。但这寥寥数句，已令人感到被逼着踏上死路的人，那种难以言喻的无奈。

众人对结局心满意足，顶礼膜拜，接收遗物。上人自己却因死前虚妄的执念而坠入魔界。换言之，这个故事告诉我们，临终时的执着必须戒惧在心。

我本想合起书本。但是，这时，紧接着第四卷第七篇的标题倏然映入眼帘。

《投水上人之事》。

我吃了一惊。山本有三只字未提。但是，大正十一年的夏天，菊池应该也看到了这个标题才对。博览群书、自己也写过《自杀救助业》和《嗤笑死者》的菊池，不可能没看过这篇。

于是，我跟着往下读。这是个惊人的故事。

某位上人，同样决定往生，此人选的是跳水自杀。他乘船划到湖上。然后把绳子绑在腋下跳入水中。如果贪生就不可能往生，到时就可以拉绳子。

过了一会绳子有了动静，上人被拉上船。他说是痛苦过度出现妄念。这种情形重复了好几次，最后一次"入水之后没拉绳子。不久，空中传来音乐，波上涌现紫云，好事终成，流下随喜之泪"。

4

我对于这个了不起的"关系图"感到茫然。

芥川是不是读到这里，才说出"传接球"的呢？想必一定是这样。那么最先投球的，其实是镰仓时代的僧人。据说是《沙石集》作者（看书后解说，是这么写的）的无住和尚。

而丢出的球，自弘安至大正历经六百年以上的时光，终于送到菊池手上。

写出《自杀救助业》的菊池，看了《投水上人之事》。那对他来说，只能说是从天而降的荒谬炸弹吧。

他看到的人性弱点，在超人的自制力下被跨越，不，被践踏。每个人，各有其无法容许的事物。这个对菊池来说，想必正是无法容许的事物吧。他是那种得知三浦右卫门如何死去后，拍膝说出 "There is also a man" 的人。如此说来，投水自杀的上人不是人，是怪物。

山本有三对菊池下笔之快感到惊奇。想必的确很快。比起平常，应该更快。因为，菊池生气了。是怒气驱使他写作。他无法容忍让这个怪物的头上涌现紫云。

那等于是否定自我、否定人性。而菊池，否定了否定。并把音乐和云彩挪到该有的位置。

菊池的《吊颈上人》就这样完成了。这时，他无意中丢出了球。球飞往何处呢？飞到住在田端的好友手上。

写《往生绘卷》的芥川，看了《吊颈上人》。毫无顾忌到天真地步的菊池，想必一直令芥川很羡慕他的毫无顾忌吧。但是，这次不行。"我的英雄"侵犯了芥川的圣域。

芥川创造了五位僧人。那是抱着"全身血液沸

"腾"的热情，一心求佛的人物。象征往生的白莲花应该给"他"才对。芥川如此渴望着。

那是迂回曲折地说出"我猜想白莲花至今或许仍在后人的眼中"这种话的他才会有的，真切、真实的心情吧。

可是打从中学时代起，芥川书写《义仲论》时就深切盼望"但愿也能如此"的价值，以及现在怯懦盼望的美好事物，都被朋友用那巨人之足一脚踹飞了。甚至，还在可怜的老人头上，旁若无人地唤来紫云奏起往生的乐音。

这次轮到芥川接招了。

如果这样便可了事，我还有什么好痛苦的？菊池啊，我不能原谅你——对芥川而言，袖手旁观，就等于是否定人生的价值，也否定了自己。

于是他提笔写下第一句。

六之宫公主的父亲，本是老皇女之子。

接下来，他写出一篇美丽又哀愁的故事。

无法念诵佛名的六之宫公主，看不见金色莲花。不，不仅如此，甚至连吊颈上人看到的"起火的车"都从视野中消失。"在一片黑暗中，只有风呼啸而过"。把这个不知极乐，也不知地狱的人，设定为楚楚可怜的贵族千金，想必是出自芥川的自恋情结吧。

这时，我忍不住思索起这两位天才的交友状况。

大正十一年这一年，对菊池来说是怎样的一年呢？继《真珠夫人》《慈悲心鸟》之后，他在这年于大阪每日、东京日日新闻连载《火华》，以大众小说之王的身份君临文坛，与里见弴发生争论，翌年决意创办《文艺春秋》。

正如我和圆紫先生的对话中也曾提到的，打从这时起，他们原本毫无隔阂的友谊渐渐不再如同往昔，如此想来，《六之宫公主》等于是芥川对多年好友菊池唱出的诀别哀歌。

5

说到这里，其实芥川有篇很有趣的作品。那是大正十三年五月，写于《妇人公论》上的《文放古》[114]。

故事是说在日比谷公园的长椅下，遗落了一封年轻女子的信。信中内容是乡下才女对现实环境的愤懑不满。她感叹周遭对艺术的不理解，气愤以结婚为名的卖身行为。这封信最后是这样的：

———

(114) 意指废纸。

六之宫公主

说到那个芥川龙之介更是个大浑蛋。你看了《六之宫公主》这个短篇难道不生气？

作者在那个短篇中痛骂没出息的千金小姐，被他说得好像没有热情意志的人，比罪犯更卑劣更该死似的。也不想想看，像我们这些受传统闺阁教育长大的女人，就算意志再怎么热切，也没有实行的手段啊。我想那位贵族千金一定也是如此。作者居然还得意扬扬地大肆批评，岂非徒然显示他的毫无见识？我从没有像看那个短篇时，那么轻蔑过芥川龙之介……

芥川特地写出这种故事。他之所以非写不可，换言之，可见实际上的确有人这么诠释吧。那些人认为这篇小说是在探讨女人自食其力的问题。

言之颇为成理，但那对芥川来说是难以忍受的误解。

他写道："写这封信的不知名女人，是个一知半解的感伤主义者。"芥川想说的是：不对，不对，我的《六之宫公主》根本就不是那种故事。

另一方面，同年一月，想必已成为当时日本全国最知名作家的菊池宽，写出了《世评》这个剧本。那是只有两幕的简短小品。

场景应该是在阿拉伯吧。一个商队正在休息。其中有一名双脚缠着铁链的美女，据说是买来的女奴。她本为巴格达贵族，现在归年老的队长所有。旁观者哀怜她的不幸。她却以清亮的声音歌唱。有个男人一脸内行地说："她正在唱着自己虽然出卖身体，但她的灵魂，纵使拿所罗门的宝藏来换也不卖。"民众纷纷嚷着"把锁链弄断！""踩扁老人！""你应该投入真心爱你的青年怀抱！"

一年过去了。深爱美女的青年出现。她与青年逃走了。并且，抱着孩子又路过同样的地方。人们大骂："这分明是通奸！""如果纵容这种女人，世界会变得乱七八糟！""薄情女！""偷汉子！""禽兽不如！"她忍不住再次高歌。解说者说："她在唱自己抛弃虚伪的爱，投入真心相爱的青年怀抱。""不要脸！她也配说那种话吗？""荡妇！"民众对着去年的女子，今年扔起石头。

女人悲伤地一边唱歌，一边遭受石头攻击。其中一颗打中眉心令她倒地不起。"活该！报应！"石头继续飞来，连小孩都发出哀号倒地。

妇女们停手后，再次发话："终于受到教训了吧。""不过被打得这么惨，好像又觉得她有点可怜了。""就是啊。"

幕落。

菊池在这出戏的开头，引用了这样的诗歌："无论此生好与坏，终须渡世间险浪。"

6

下一次去三崎书房时，我向天城小姐报告了关于《六之宫公主》的发现。她听到一半倾身向前。

等我说完，天城小姐沉吟良久，以手支颐说："再过两三天，我要去镰仓拜访田崎老师。"

她叫我跟她一起去向老师说明。我很惶恐，但在她一再命令下只好答应。

这天，我去三崎书房还有件好事，那就是去听柏辽兹音乐会。糊涂的我只记得是都立交响乐团，于是一心认定演奏会会场一定是在上野的文化会馆。不过话虽如此，其实我之前也没在那里听过都立交响乐团表演，只是直觉上这么认定罢了。

我和中午才要出差的饭山先生在茶水间聊起此事，这才发现我的误会大了。我就算再糊涂，到了下午起码也该拿出票来确认一下地点。但是事到临头才手忙脚乱未免太逊。好险，好险。

饭山先生告诉我正确地点是在赤坂的大会堂，好像有很多方法都能抵达。我在傍晚先去逛神田的旧书街，然后从新御茶水搭千代田线。在赤坂车站下车是头一次，不过只要直走，应该就能顺利抵达大会堂。

没想到，眼前出现的竟是一条暗路。快要走到上坡的地方时，马路对面，有个年轻女人一边娇嗔着"讨厌"，一边打男人的背，啪地好大一声。定睛一看，原来是在一栋屋顶宛如玩具城堡的建筑物前。

我当然也知道那不是城堡。男人正想拉女人进去开房间。挨揍的男人皱着脸猛喊"噢，超痛的"，还把手臂伸到背后摩挲。他的遣词用句听起来很年轻，其实人已头发稀疏，年纪一大把了。

我心跳急促。握紧皮包的带子，快步走过。我决定回程还是走六本木那边比较好。

我立刻找到大会堂。在入口领到歌词的对译。上面写着"安魂曲'献给死者的大弥撒曲'"，齐藤雅代译。

里面的墙壁充分发挥了木质纹理的触感，是个气派又宽敞的空间。沿着一楼座位的走道前进，仿佛走在异国圆形剧场的最底层，因为四面八方都能看见钵形座席环绕。

我在绯红色的大椅子上坐下。是中央的位子。

放在舞台上的低音提琴和打击乐器正在等待演奏者。对面高起的应该是合唱团的位置吧。远处靠里面管风琴那边，是高起的台子。风琴左边有个留胡子的人探出脑袋，窥看观众席的情形。

我朝印成浅蓝色的对译歌词瞥去之际，本来空着的右邻来了一个男人坐下。那人把皮包放在脚边，在膝上摊开书本。这令我很好奇。

我假装不看他，伺机偷瞄。是硬皮精装书。"史瓦洛夫人"这个字眼映入眼帘，可见是翻译书。过了一会儿，我再次瞥去时吓了一跳。这次我瞄到的是

227

"呜，呜，呜，呜，呜"。整页竟有三分之一都被那个字填满，好奇怪的书。

是怎样的人会看这种书呢？我的好奇，这下子从书本转移到现实。我不动声色地把眼睛转向这个人，心中暗叹还挺帅。他那略挑起的眉毛有种适度的英气凛然，给人的印象很好。

好笑的是，他的眉毛和我家邻居小男孩的眉毛很像。那个小家伙明年就要上小学了。明明不久前还是个小娃娃，最近却学会讲一些老气横秋的话。跟那孩子相像，或许是我对他产生想微笑的好感的重大原因。不过，他的年纪应该快三十了吧。眉毛下面的单眼皮眼睛，正追逐着文字。

这时，我忽然想起小正去年的吟诗发表会。我对于男生"好帅"的感觉，或许有点偏差。因为那时我竟然觉得一个弯腰驼背、搬运笨重椅子的男生"好帅"。为什么会那样觉得？我自己也说不上来，只能说是灵光一闪吧。

当时那个人也是个爱看书的人，年纪应该只比我大两三岁，但我总觉得年龄差距更大。不过，现在邻座的这个人明明三十上下，奇妙的是我对他竟有一种超越年龄的亲近感。我觉得跟他应该很容易说得上话。

不过那并不表示，我真的敢去搭话。

我把视线转回正前方，往后靠着椅背。过了一会儿，我忽然发觉。自己正沉浸在小小的幸福中。我和心灵相通的人并肩而坐。我对这个"假设"乐在其中，真滑稽。

不过，另一方面也可以这么想。对我来说，能够切实感受到事物的，只有我的心。如此说来，这不也算是一种灵魂的约会吗？不管怎样，总之接下来聆听《安魂曲》的一个小时，若能与此人共享，那倒也不坏。

7

主啊，请赐给他们永恒的安息。
让永恒的光辉照耀他们。

《安魂曲》就这么开始了。打击乐器很多，观众席上方的四边放置着钢管，而且非常活跃，仿佛是音符的魔术表演。这样形容我对弥撒曲的感想虽然古怪，但真的很有趣。正因如此，成对比的静穆场面的旁白就更有效果了。

神圣的、神圣的——人们如此称颂天主。

曲子接近尾声。免除世罪的天主羔羊，请赐给他们永恒的安息——当开头那句再次出现时，我的脑海蓦然浮现的，是生于大正昭和时代的那两位作家。

六之宫公主

凡所有必死者，皆向主投靠。

主啊，请赐给死者永恒的安息。

让永恒的光辉照耀他们。

音乐结束，人群在夜晚的街头散去。我那短暂的约会对象，也只见蓝西装的背影，消失在某处。

室外很适合散步。月上高楼。我一边朝六本木走去，一边有种莫名的感伤。如果有缘，是否能和那人再次相逢？

然后我自己回答：

是啊，如果有缘的话。纵使今生无缘相会，或许来生也能重逢……况且，即便不能见到那个人，只要看书，说不定有一天我会遇上那奇妙的一页。也许会读到那人看的那一页。

像这样，当然，纯粹是玩弄感伤情怀的一种家家酒游戏。回到家，我立刻打电话给小正。

"什么事？"

我马上呛了回去："没事就不能打给你？"

"你这家伙在说什么鬼话啊？"

神奈川遥远西方的海边城镇，小正如此回答。

深夜的海岸，这时候，在月光下，想必有着初秋的碎浪拍岸吧。

8

约定去镰仓造访田崎老师府上的时间是下午。

难得有机会去镰仓，不顺便逛逛未免可惜，老师家就在极乐寺附近，前一站是长谷。天城小姐说，在长谷的光则寺可以看到野生松鼠。听她这么说我真想去瞧瞧。我把这件事告诉姐姐，结果她严厉命令我，有没有松鼠不重要，总之一定要去若宫大路买松饼回来。我还挺忙的。

在横须贺线的电车上，我一边看笔记，一边思考那两个朋友。

芥川龙之介死于昭和二年七月二十四日凌晨。据说他曾说过死的那天一定要让老天下大雨，结果那天果然下雨了。

当天出门去水户、宇都宫演讲的菊池，在讲台上接获芥川的死讯，立刻赶回东京。

葬礼于二十七日，在谷中的斋场举行。正如久保田万太郎(115)咏的句子"芥川龙之介佛大暑乎"，河童忌(116)的时节，大地被炎热笼罩。这天据说也热得人浑身发软。

菊池代表所有友人朗读悼词。

我把悼词的翻拍照片贴在笔记上。虽然菊池自称

---

(115) 久保田万太郎（1889—1963），小说家、剧作家、俳人。
(116) 因芥川晚年写出名作《河童》而将七月二十四日芥川忌日称为河童忌，亦称我鬼忌。

　　　　　　　　　　　六之宫公主

字丑，但他的字其实颇有个性(117)。

芥川龙之介君啊

对于你选择的自决吾等无话可说不过吾等见你遗容祥和面泛微光甚感安心　吾友啊请安详长眠吧！嫂夫人贤惠定会好好抚养遗儿吾等也将尽微薄之力以告慰你在天之灵　唯一哀恸的是你走后吾等身边冷清萧条又该如何排遣

友人代表

菊池宽

据说菊池是一边号泣，一边念完悼词的。

芥川死后，菊池的好友之中有位叫直木三十五的(118)，是个特立独行的人。永井龙男的《菊池宽》中提及他"自《文艺春秋》创刊以来便与菊池宽交好"，可见应该正好是接替芥川出现的朋友。然而，那位直木也在昭和九年离世。菊池再次痛失挚友。

翌年，他创立了芥川奖和直木奖。

前述的《菊池宽》中，引用了菊池刊载于《文艺春秋》的下面这段话：

---

(117) 此悼词标点符号格式依原文照录。——编者注
(118) 直木三十五（1891—1934），本名植村宗一，小说家，对于提升大众文学颇有贡献。

为了纪念直木，我打算以本社的名义设置直木文学奖，奖励创作大众文艺的新进作家。同时也设置了芥川奖，奖励创作纯文学的新进作家。此举，除了以文学奖纪念亡友，更重要的是想借亡友之名，为痛失芥川与直木的本杂志略添活力。

除了他还有谁说得出这种话？当然，此举并不表示他思虑浅薄，反而令人深深感到，菊池宽这个人果真厉害。

菊池为震灾仓皇，为弱者掬泪，对社会问题表露关心。当别的作家有难时，他感到作家协会的必要，率先登高一呼。菊池这个真心实意的人，不管做什么都很惹眼。他是文艺家协会的首任会长，艺术院成立后也被指名加入会员。

这个最讨厌谎言的人，却在战时成为华丽的存在，站上传播界的顶点，只能说是一个悲剧吧。

菊池一直反对言论管制。不，是厌恶。应该说是出自生理本能，无法容许吧。中日战争爆发时，他在《文艺春秋》上公开宣言这场战争"将是东洋文化与和平的一大障碍"。"就算日本以武力进逼，恐怕也绝不可能彻底令那泱泱大国及四亿人民屈服"。连我都知道此举有多么不得了。

即便是这样的他，也无法不随着时代的浪潮前进。在那个国家、那个时代中，即便是比钢铁更坚硬的正义，有时在时空变迁下也会随之改变。既然讨厌谎言，就得立足真实。菊池被迫处于不得不让内在真实与时代正义发生冲突的立场。并且，被时代给背叛了。

战后，菊池遭到美国占领军的放逐，不得不离开《文艺春秋》。永井龙男引述了据说来自池岛信平[119]转述来自菊池的激愤之言："居然放逐我这种自由主义者，简直荒唐。"

的确荒唐。

菊池在翌年昭和二十三年，庆祝肠胃病康复的晚上，仿佛连"庆祝康复"这句话都背叛了他，竟然心绞痛发作，短短十分钟便宣告不治。

菊池在那一刻，可曾看到冉冉紫云？

想到这里，他似乎也是不同形式下的另一个"六之宫公主"。

不，早在昭和十几年，菊池风华正茂的时代，就有过这么一篇令人印象深刻的文章描述他。当时文艺春秋社的社址位于曲町区内幸町的大阪大楼二楼。广津和郎[120]在那附近的路上，看到菊池踽踽独行。

据说当时他神情落寞。

广津在《同时代的作家们》中，如此写道：

---

(119) 池岛信平（1909—1973），编辑出身，文艺春秋社第三任社长。
(120) 广津和郎（1891—1968），小说家、评论家、翻译家。

热爱胜利，不管做什么都坚持一定要胜利到底的他，为何会在大阪大楼附近的路上，带着那种仿佛被虚无主义侵蚀般，索然无味的表情踽踽独行？想到这里，我不禁对菊池宽这号人物开始产生浓厚兴趣。

菊池虽然没能一路战胜到底，但他的确描绘出一个天才的人生轨迹。

他的遗书，很早之前便已备妥。

庸才如我浪得文名，一生无甚大过地度过。我很庆幸。

临死之际，谨向知交好友及多年来的读者致上最深谢意。唯愿国运昌隆。

吉月吉日

菊池宽

葬礼于昭和二十三年三月十二日，在春雨蒙蒙的音羽护国寺举行。

这天，万太郎是否有诗咏之，我不得而知。

9

在长谷，我下了江之电的迷你电车。今天虽非假日，但观光客还是不少。车站前的马路自右而左落下商店街的影子。这是个干爽的初秋晴日。

抬头一看，路灯的灯罩别出心裁地设计成绣球花的形状。"长谷站前"这个路牌是以绿字写成的。只见老旧的食堂，橱窗里陈列着同样老旧的食物样品。街景令人油然而生思古之情。

我走进位于车站附近的长谷寺。

只见棒上放着托盘的木台，写着"松鼠用餐处"。天城小姐说的果然没错，这一带真的常有松鼠出现。

另一边也有竹林。我喜欢竹子。

踩着沙砾前行，在庭院工作的工匠们的声音传入耳中。

"这个周六周日，会很累哦。"大概是指会有特别多的人吧。

前方阳光灿烂，是可以看海的展望台。

随着走近展望台，光线越发强烈，站在栏杆边时，已刺眼得无法睁眼。我用手遮在额头眯起眼睛。

突然间，我想到自己今后的人生。不，正确说法，应该是被那个念头袭击。

像我这样软弱的人，能够凝视在时代洪流中屹立不变的正义吗？那对任何人来说，肯定都是异常艰难的课题。但是，在人生的一切时刻，我都不会忘记那种志向。同时我也想与更多伟大的人物邂逅，促进自己的成长。我希望将内在的、能够证明自我的东西，以某种形式保留下来。

这种想法，如果表露出来未免羞窘，甚至可能变成谎言空话。所以，其实那是不能诉诸言辞的。

那是在一瞬间捕捉住我的，剧烈的情感波涛。

遥远的下方，无数房舍的彼端是由比滨。更远处的辽阔大海仿佛蒙着一层轻纱。越往海边走，阳光越发灿烂。等到眼睛习惯后，我终于在巨大明镜的四处，看到在远方碎成水花的浪头。

10

我在极乐寺的车站等候，与天城小姐会合。

"你去了光则寺？"

"对。从长谷寺去那边逛了一圈。不过，也许是因为居心不良，没能见到松鼠弟弟。"

"那真是遗憾。"

不过，多亏在长谷下车，让我得以见到那片海。

走过小径，前往老师家。暖阳晒在背上很舒服。山上的蔚蓝晴空悠然飞过两三只鸢。老师与天城小姐的谈话不到一小时便结束了。之后换了新茶。我像去面试的考生一样紧张地开始叙述。

我把事先画好的图，放在桌上。

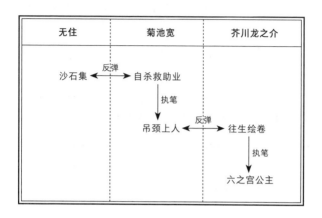

"事情就是这样，所以就形式看来像是'撞球'。就两位好友之间的来往而言，则可说是'传接球'。"

我说完话，老师沉默了半晌。

我们坐在和室。壁龛挂的书法过于龙飞凤舞，眼拙的我认不出写的是什么。老师呼地叹了口气，拉来烟灰缸点燃香烟。然后说道："池岛先生——我是说担任过文艺春秋社社长的池岛信平先生，住在菊池先生附近，菊池先生过世时他也在场。那天本来是要庆祝菊池先生康复。据说池岛先生从玄关走进去时，看到菊池先生在眼前的客厅，正一个人踩着舞步呢。表情就像他每次开心时一样很孩子气。据说他一次又一次地不停地重复着。"

老师喃喃自语。

天城小姐说："老师，怎么样？这孩子值得嘉奖吗？"

田崎老师这时头一次报以微笑。

"啊，对了。你做得很好，想必如你所言吧。你是个了不起的名侦探。说到这里，名侦探小姐，"老师忽然转为戏谑的口吻，砰砰拍打和服的膝头，"你大概坐得脚都麻了吧？"

我惶恐地乖乖点头。

不知何处，有白头翁啼鸣。

第九章

1

数周之后，我找时间向圆紫先生报告侦查结果。

六点在上野的咖啡店碰面，然后从那边开始散步。擦身而过的男女多半换上了秋装。我边走边说明，圆紫先生温文有礼地不时出声附和。

他带我去的，是卖茶泡饭的店。店面虽小却很幽静。备前烧的小壶，低调地插着地榆。

大师穿着白色高领衫配夹克。好了，点妥茶泡饭时，我的叙述也告一段落，"——我报告完毕了。"

"是。"

"其实，这全部，您早就知道了吧？"

圆紫先生抓抓头。

"哎呀，这可伤脑筋。"

我眼一瞪，佯装生气："我就知道。"

"如果容我辩解，并非'全部'。大学时代我就看过菊池那个《吊颈上人》的故事了，虽然我谁也没说，但我在心里暗忖，啊，这就是《六之宫公主》的来源吧。听你提起时，我的话已涌到喉头，但我那时说出来也没用，所以把话又吞了回去。在你四处调查的时候，我怎么能多管闲事地插手呢？何况那又是你的专业项目。"

我喝着烘焙茶："您这话，听起来非常讽刺。"

"没那回事。"

"可是，就算是在诱导下，最后终究还是归结出和圆紫先生同样的结论，所以我自己很满意。在四处调查的期间，真的过得很充实。况且——"

"况且什么？"

"这次查的资料，也有一些可以用在毕业论文上。"

"对哦！说的也是。那真是太好了。"

我呼地喘口大气。

"……不过，真不可思议。远在六百年前，无住这个和尚如果没写出《沙石集》，芥川或许也就不会写出《六之宫公主》了。"

圆紫先生莞尔一笑："跟上次碰面时的感想一样呢。"

"什么？"

"你忘啦，你不是说过吗？如果我师傅没看到第三代圆马的落语表演，你也就听不到我的《六尺棒》了。"

"……真的。对啊，我说过同样的话。"

241

茶泡饭送来了。五颜六色的泡菜装在盘子里。果然不可小觑，非常好吃。

我们边吃边聊。

"我也看过今日出海[121]的《人物菊池宽》这篇文章。文中表示，菊池说，自己的传记谁也没法写。据说他在三十几岁时，曾经打算过不为人知的生活。"

"当时好像正是他创办《文艺春秋》、撰写通俗小说、在各方面获得成功的时候。为何会下这种决心？他本人不肯透露。只说'忽然有这种念头'。"今日出海如此写道。

面对文坛大家的盛名，菊池自己想必比任何人都觉得虚伪吧？其中，有他异常冷静的眼神与孤独。我读到这里，想起芥川写过某个男人戴着吹火男的滑稽小丑面具，边跳舞边步上死路的故事，不禁悚然。

"啊，那个我也看过。文中，有提到你之前叙述中的佐藤碧子对吧？佐藤碧子。一个可爱、才华横溢的小姐，是菊池很欣赏的女孩。"

"是。"

她的地位早已超过秘书，这我也知道，她自己也写过。

---

(121) 今日出海（1903—1984），小说家、评论家。

菊池曾对她说："你如果是少年，或者，受到魔法诅咒可以变成小妖精的话，我们就可以一起去旅行了。"那是世俗不容的发言，却纯情得像个孩子。最后，菊池终于忍不住宣言："明天，我来接你。""我们出门远行两三天吧，碧子。无论是芥川或久米，都无法像我这样恋爱。他们做不出来。"

当然这时，芥川早已不在人世。

"据说菊池有时会把佐藤碧子带来他写报纸连载小说的专用房间。"

"噢……"

然后，据说是在玩小孩玩的游戏。

今日出海如此写道：

"从不抱怨的老师望着时势的滔滔浊流一脸寂寞。"

"世人都在议论菊池先生和碧小姐不是单纯的社长与秘书关系，我当然无从得知。只是再没有人能像她这么懂得安慰寂寞的老师，而老师也从不厌倦去疼爱碧小姐。他们玩斗球盘和写有东西南北的六角陀螺，还拿火柴棒玩，一直玩到八点半。手放在濑户烧的廉价火盆上取暖，洋服外头的外套也没脱，任由烟灰掉落膝上，就这么玩上好几个小时。"

2

"你应该还能再吃一点吧？"

"一点点的话可以的。"

圆紫先生叫了一人份烤饭团，我俩分着吃。另外，还有红味噌汤。这时圆紫先生像想起什么似的说："对了，你知道吗？菊池也写过《六之宫公主》。"

"噢？"

"他在杂志上有个连载叫《新今昔物语》，头一个写的就是《六之宫公主》。"

我瞪大双眼。这是当然的，我兴冲冲地追问："那里面，有什么菊池式的新诠释吗？"

圆紫先生流畅地回答："没有。只是对《今昔物语》的故事加以解说，淡然叙述。清淡如水。"

"……"

"那是战后刊物，换言之应该是他最晚年的作品吧。"

三名客人结伴离去，狭小的店内只剩我们俩。店里变得很安静。一阵沉默后，圆紫先生说："芥川是服安眠药自杀的，对吧？"

"对。"

"其实，菊池也差点吃芥川的安眠药死掉。"

这次，我惊愕得失声叫出。

"为什么？"

"那是他俩在名古屋和小岛政二郎一起做演讲旅

行时的事。"

据说他向芥川讨了安眠药后，因为睡不着所以吞了双倍的分量，结果在昏睡中陷入半狂乱状态。

"好危险哦。"

"听说如果再多吃几颗，就性命不保了。他在意识混乱中，不但大吵大闹，还滔滔朗诵《源平盛衰记》(122)的文句和《威尼斯商人》原文的某一节呢。"

"果然厉害。"

"他昏迷了好几天，其间，都是芥川和小岛政二郎在照顾他。"

我顿了一下，方说："那时的药，和芥川死时吃的药一样吗？"

圆紫先生回答："芥川自杀时吃的是巴比妥和贾尔，菊池吃的是贾尔(123)。"

说着，他从放在旁边的纸袋取出两本书。是小岛政二郎的《眼中人》以及我曾看过的《菊池宽文学全集》，但是是第八卷。

"是那里面提到的？"

"是的。我怕你没看过，所以特地带来。《眼中人》里写着名古屋之旅是五月的事，但那可能是小岛记错了。其实应该是大正十一年一月。"

---

(122) 镰仓中期至后期的军事物语，可说是平家物语的异本。共四十八卷，作者不详。

(123) 巴比妥和贾尔都是用于镇静及安眠的药物。

六之宫公主

"大正十一年吗？"

"是的。这里又出现了那一年，还真是有缘呢。"

毋庸赘言，《吊颈上人》和《六之宫公主》就是那年夏天写成的。

圆紫先生说："借你看吧。"然后二话不说就把那两本书递给我，大概是暗示书本之谜的最后，还是要以书本做结束吧。我欣然借阅。

烤饭团送来了，带着酱油味的焦香。

"请用。"

"好，那我就不客气地吃一个咯。"

如果递上柿子的种子交换，恐怕会引发猿蟹大战(124)……我忍不住这么胡思乱想。

"够了吗？还要不要再叫碗红豆汤圆？"

"不用了，已经吃得很饱了。真的很好吃。"

圆紫先生送我到仲御徒町的地铁入口。这是个鞋音也格外清亮的秋夜。我行礼道别。一上月台，我立刻从《眼中人》开始读起。这是小岛政二郎追忆菊池与芥川的书。

我从夹有书签的名古屋之旅那边翻起。本该从第一页读起，但圆紫先生的话还是令我大感震撼。

关于那场演讲，小岛是这么描写的：

_____

(124) 江户时代以动物相争为主题的民间故事。

246

芥川爽快地首先上台。

题目我已经忘了，总之他谈到表现与内容的问题。将他对文学本质的看法，以出色的口才风趣生动地恳切说明。

最后，菊池以"人生与文艺"为题，演讲了足足一个小时。其中，也评论到先演讲完的芥川的说法。和我并肩聆听的芥川，在菊池讲完后，立刻一边喊着"慢着"一边匆匆冲上讲台。然后针对自己的主张解释了十分钟左右，反驳菊池的说法。我等着看菊池是否也会反驳他的反驳，但他只是笑嘻嘻地聆听，并没有起身。

这意外的脱轨演出，令听众高兴得窃窃私语。我觉得自己仿佛亲眼看到两位前辈相知相许的温馨友情，再回想自己过去从来不曾有过这种友情，不禁万分羡慕。

看到这里，电车闪着巨大亮光滑进月台。车内人不算多，但也没位子可坐。我站在门边，把包包放在脚下，继续翻阅。

话说，菊池就在那晚，误服大量安眠药。

芥川和小岛赶去一看，菊池正喃喃呓语，还不时坐起上半身或四处打滚。医生来了以后替他急救。

等到状态略微稳定下来后，一直忙着照顾病人的两人才去洗澡。

　　　　　　　　　　六之宫公主

"应该不会有事吧？该不会——"

话题跳到别的地方，就在已忘记那件事时，望着芥川先擦干身体准备出去的背影，我像要穷追不舍般忍不住脱口说出这句话。

"怎么了？"

芥川甩着长发回头问道。被他这么一问，我忽然也不好明目张胆地开口了。

菊池不省人事地昏睡了整整两天两夜。第四天早上，他好像和前两天不同，出现了和平时一样的动作，于是我们倾身向前凑近盯着他。

"……"

菊池裹着睡衣，愕然瞪大双眼。

"怎么样？你清醒了吗，菊池？"

芥川一边说着，一边露出甜甜的笑容靠近他。

苏醒的菊池，午餐已经吃起生鱼片了。

"你们可以滚了啦。"

放下筷子正在闲聊，菊池忽然没头没脑地这么说。

"你可真客气。"

芥川做出习惯动作，倏然缩起下巴报以苦笑。这下子就连菊池，也眉眼往下耷拉成三角形，带着难以形容的天真可爱的笑脸，久久止不住笑意。

《菊池宽文学全集》第八卷，夹着书签的那一页，是昭和二年十二月的"杂记"。里面有《贾尔的回忆》这篇文章，是菊池回忆中的那件事。

结束演讲会回到旅馆时，我怕自己出门在外睡不着，因此向芥川讨了他随身携带的安眠药。那个就是贾尔。芥川也没有提醒我——

《眼中人》里的芥川"喃喃自语"地说"真拿这家伙没辙，我明明再三警告过"。这部分应该是菊池自己糊涂吧。文章继续又写道：

用量不可超过两颗的贾尔，我一次就吞了四颗。而且，过了二十分钟，还是毫无睡意，所以性急的我又吞了三颗。总共加起来七颗。我一口气吞了七颗药性最强的贾尔，自然不可能安然无事。

我能想到的事，菊池自己当然也想到了。他写道：

芥川死时，推测他除了巴比妥之外，也同时服用了贾尔，他之所以选择吃安眠药，显然是我这次意外带给他的灵感。

六之宫公主

3

若说是缘分，这又是一桩奇缘吧。

生于东京入船町的芥川，因是辰年辰月辰日辰刻出生因此取名龙之介，这种迂回的喻义颇有他的风格。而远在香川县高松的人，是菊池宽。

命运以奇妙之线串联两人，并且加以操纵。

我搭乘的电车随着轰然噪声钻出地底，一口气爬上高架桥。远远近近，宛如撒遍小灯泡的老街夜色无垠。长长的列车，仿佛要伸手拥抱这个城镇似的，缓缓画出弧形。

造访田崎老师之后又过了几个月。我的《六之宫公主》事件，在这起安眠药插话下闭幕了。

伴随着这样的感慨，我合起《菊池宽文学全集》，换个念头从第一页重新看起。既然是全集应该附有图片吧。我想看菊池的照片。但是，意料之外的发现在等着我。

是之前那篇悼词眼熟的菊池字体。大正七年二月，菊池用他当时任职的时事新报社的便笺，以菊池特有的简洁风格书写。

那是祝贺芥川成婚的短信。

正要娶妻的海军机关学校教官，尚不知自己将会成为《齿轮》和《某阿呆的一生》的作者。而执笔写信的时事新报社员，也不知道自己将会过着不为人知的生活。

二人，正处于洋溢人生光辉的春天。那种光辉的突袭，化为光矢戳向我的心口。

喜获佳人待春来君正坐拥书斋乎
　　——又何需天眼通

　　　　　　　　　　　　菊池宽
　　　　　　谨致芥川龙之介先生

引文出处在本文中已尽量注明。皆为主角"我"在"当时"看的对书中内容的引用，出典纷歧但关于汉字部分一律采用新字。

此外，《第十二夜》日译本为小津次郎翻译，第八章提到的菊池最后一日的插话，摘自文艺春秋《逸话中的菊池宽》一文引用的池岛信平的文章（《编辑的发言》生活手帖社刊载）。

导 读

日常之谜：正视身边的人和生活细节

1987年，是日本新本格推理的"元年"。那一年，绫辻行人带着《十角馆事件》横空出世，打破了自松本清张以来推理文坛被社会派统治的局面，将轻松、娱乐、想象力重新带回推理小说中。

接下去的短短三年，涌现出了一大批富有才华的年轻作家，如法月纶太郎、我孙子武丸、麻耶雄嵩、歌野晶午、折原一、二阶堂黎人、有栖川有栖等。接下来的十几二十年里，他们的新本格推理作品一直是推理市场上的中流砥柱。有趣的是，在这几年里还有一位刚刚出道的新人，他一开始在新本格赛道竞争，多次尝试后开始主攻社会派，最终凭借超强的写作技巧和精彩的写作主题成名，他的名字叫东野圭吾。

可见，日本的现代推理自1987年以来始终是用社会派和新本格两只脚在前行。社会派低头，目光凝视脚下的土壤，观察残酷社会中的真实人性。新本格仰头，用想象眺望浩瀚星空，构筑奇思妙想下的理性世界。

1989年，日本推理界的传承正在延续，新一代的推理作家势头正盛，泡沫经济也来到了历史最高点，一切欣欣向荣。就在这一年，有一位不愿意透露真实身份的作家发表了一本推理短篇集《空中飞马》。

这是一本看起来平平无奇的推理作品，它并没有通过经济、阶层、官僚等因素来反映很深刻的主题，也没有夸张的、天马行空的诡计，甚至没有出现恶性刑事案件。恰恰相反，这是一本恬淡的"日常之谜"。

——没有仰视，也非俯视，而是正视出现在身边的人和发生于日常生活里的谜题。

一年后，日本泡沫经济破碎，千万普通人的生活一夕之间发生翻天覆地的变化，但生活还要继续。除了控诉无情的社会机器，或埋首让自己感到舒适的乌托邦，那种缓慢的真实生活、平淡的一日三餐、最小单位的人和事，虽许久未见，却同样重要。1990 年，《空中飞马》的同系列续作《夜蝉》获得日本推理作家协会奖，标志着主流推理文坛对"日常之谜"这一类型的认可，受到《空中飞马》感召而进行创作的推理作家和作品也开始变多。

如今，日常之谜依然属于小众，但它诞生之初便从大开大合的"虚构推理"中脱颖而出，几代日常之谜作品中呈现的不同时代下普通人的"真实感"，能让读者有极强的代入感。看这些书，仿佛我不是台下的观众，在看一场舞台上聚光灯下年代久远的经典推理秀，而是故事就在刚刚发生，就在我隔壁的座位。

我在十几年前就读过北村薰的"圆紫大师与我"系列，当时的我极度沉迷《××馆杀人事件》这种类型的小说，当我读完《空中飞马》后，第一感觉是"淡"，第二感觉是"怪"。

淡，是因为书中没有发生任何"值得一提"的大事。作为一本收录多个短篇的推理小说，谜团居然都围绕着"为什么她要在红茶里面加那么多糖""做梦梦到一个没见过的历史人物""车上的椅套怎么不见了"这种生活中随处可见的小事。而且，主人公也并非什么了不起的私家侦探或屡破奇案的孤僻天才，而是一个名为"春樱亭圆紫"的落语大师，相当于我们中国的相声演员。虽说他小有名气，专业技能过硬，但怎么看都像一个邻家大叔。最关键的是作品的主视角"我"，自然也不是名侦探的助手，而是一个再平凡不过的十九岁大一新生。

怪，是因为违背了对写作结构的预期。我原以为既然是推理小说，那么"日常之谜"重点也应该在"谜"上，但其中有一篇小说，"谜"几乎在最后十分之一处才出现，紧接着落语大师出场，瞬间破解。和其他开篇即有悬念有案件的小说相比，"日常之谜"的重点却是在日常上。

这时我才恍然大悟，"日常之谜"不是"谜之日常"，日常本身是平凡的，只是日常中包含有一定的谜团。它们可能只占日常的十分之一，但也需要你的耐心、细心和关心才能发现，进而破解。

当然，以上都是主题和创作层面的总结，如果要细看，我发现书中即便是微小的谜团，也有令人意外的展开和充满巧思的诡计。而日常部分，女主角和同学、长辈的沟通，她的所思所想，竟如此真实且犀利。

所以看完《空中飞马》，我便很好奇该系列的后续作品，因此第一时间找来阅读。

北村薰的第二作《夜蝉》从收录5个短篇，变成了3个短篇。而增加的篇幅并没有用于在谜题部分大做文章，而是更加肆意地描写日常的复杂情绪。如果说第一本的主角只是一位单纯稚气的大一学生，这本中升入大二的女主角则和世界有了更深的连接，思考的问题也更加深沉、细腻。

1991年发表的《秋花》，是这个系列第一本长篇小说。我们一路跟着主角，从大一时的天真童趣、朝气

255

蓬勃，大二时的平静舒缓、略带哀愁，到大三时终于开始直面一个人的死亡，我们不得不长大，接受一些不堪和无奈的事情，即便我们对此早有预料。本作中，"侦探"并没有前置，北村薰依然用日常的笔触，聚焦于平凡个体在历经成长时的失去和寻问。此外，在文本层面，短篇到长篇的变化映射了"成长"这一关键词，如今回头看真的要为作者击节叫好。

系列的第四本《六之宫公主》是其中最特殊的一本，大四的女主角为了写毕业论文，展开了关于芥川龙之介《六之宫公主》的调查。这是真实的历史，但不算未解之谜，硬要说的话，算是"历史日常之谜"吧。在我看来，这也许是"日常之谜"的本质，随着角色的成长，关注的问题随之变化。在伦敦公寓破解皇室钻石被窃的是神探，而在大四的课间思考论文怎么写，是"我"的日常。

"我"的日常？一直读到这本，我才惊觉，我居然还不知道女主角叫什么名字，她一直隐藏于"我"这个人称之后，我们却真实而诚恳地和她一起走过了大学时光。原来，日常之谜写的不是"ta"的故事，而是"我"啊。

系列的前四本，北村薰以一年一本的速度出版。作品中，女主角也是一年一年地成长。但之后的《朝雾》一直到1998年才正式出版，书中的女主角也已经成为一名编辑。时隔多年，再次相遇，就像毕业几年后的同学聚会，有很多东西变了，比如"我"和落语大师不像以前那样频繁联系，比如"我"没有大把时间去读书，比如自我成长型的烦恼变成了工作中的困扰。但有更多的东西没有变，比如《朝雾》回到了《空中飞马》的短篇形式，比如"我"的日常平淡得和大一时一样，比如"我"依然保持对真实生活细节的好奇，依然能发现随处可见的"日常之谜"。

新的成长开始了，生活是步履不停的。从《朝雾》回望《空中飞马》的那一刻给我带来了极强的能量与宽慰。

很少有推理小说能像个好友一样，给予我"陪伴感"，所以当我得知北村薰的这个系列完结的时候十分不舍。

多年来，我也一直在合适的场合推荐朋友这套书，但遗憾的是一直没有简体中文译本出版。

十月底，"轻读文库"的老师联系我，说这套书他们准备引进出版，并且这一次，还有此前未有过中文译本的第六作《太宰治的词典》，这让我喜出望外。

但一上头答应写这个系列的"导读"后，我又有几分忐忑，一方面我真的很想推荐给所有人（不仅限推理迷），另一方面，我又觉得这个系列其实更像一个朋友，一个名为"我"的朋友。

把它带来的是"轻读文库"，真正和它接触交流的是诸位读者自己。与其介绍这位朋友的出生、成就和名气，不如谈谈我自己接触下来的感受。

祝大家享受阅读，享受每一刻日常。

陆烨华

小开本 CNπ S
轻松读 QTα 文库

产品经理：杨子兮
视觉统筹：马仕睿 @typo_d
印制统筹：赵路江
美术编辑：梁全新
版权统筹：李晓苏
营销统筹：好同学

豆瓣 / 微博 / 小红书 / 公众号
搜索「轻读文库」

mail@qingduwenku.com